DO TEMPO EM QUE VOYEUR PRECISAVA DE BINÓCULOS

LUIZE VALENTE

DO TEMPO EM QUE VOYEUR PRECISAVA DE BINÓCULOS

1ª edição

EDITORA RECORD
RIO DE JANEIRO • SÃO PAULO
2019

CIP-BRASIL. CATALOGAÇÃO NA PUBLICAÇÃO
SINDICATO NACIONAL DOS EDITORES DE LIVROS, RJ

V249t

Valente, Luize
  Do tempo em que voyeur precisava de binóculos / Luize Valente. –
1ª ed. – Rio de Janeiro: Record, 2019.

  ISBN 978-85-01-11716-8
  1. Contos brasileiros. I. Título.

19-56803

CDD: 869.3
CDU: 82-34(81)

Vanessa Mafra Xavier Salgado – Bibliotecária – CRB-7/6644

Copyright © Luize Valente, 2019

Todos os direitos reservados. Proibida a reprodução, armazenamento ou transmissão de partes deste livro, através de quaisquer meios, sem prévia autorização por escrito.

Texto revisado segundo o novo Acordo Ortográfico da Língua Portuguesa.

Direitos exclusivos desta edição reservados pela
EDITORA RECORD LTDA.
Rua Argentina, 171 – Rio de Janeiro, RJ – 20921-380 – Tel.: (21) 2585-2000.

Impresso no Brasil

ISBN 978-85-01-11716-8

Seja um leitor preferencial Record.
Cadastre-se em www.record.com.br
e receba informações sobre nossos
lançamentos e nossas promoções.

Atendimento e venda direta ao leitor:
sac@record.com.br

PEQUENO GLOSSÁRIO DO TEMPO EM QUE...　　7

[1ª HISTÓRIA]
DE REPENTE O MUNDO FICOU REALMENTE GRANDE　　13

[2ª HISTÓRIA]
O DIA EM QUE EVA ACORDOU　　67

[3ª HISTÓRIA]
(IN)CÔMODOS　　89

PEQUENO GLOSSÁRIO DO TEMPO EM QUE...

Carrossel de CD — Aparelho que comporta vários CDs (Compact Disc / Disco Compacto), que podem ser tocados aleatoriamente.

DOS (Disk Operating System) — Sistema operacional da maioria dos PCs (computadores pessoais) na década de 1980 até o lançamento do revolucionário Windows 95, em 1995.

Filme B — Termo pejorativo usado para filmes comerciais de baixo orçamento e, muitas vezes, decadentes.

Game Boy — Console portátil para jogos eletrônicos que surgiu no início da década de 1990, superando o Atari, primeiro a popularizar o videogame no Brasil na década de 1980.

Geração X — Pessoas nascidas em meados dos anos 1960 até o início dos anos 1980. O termo foi usado em um estudo sobre comportamento, realizado pela britânica Jane Deverson, a partir de entrevistas com adolescentes britânicos, em 1964, considerados rebeldes para os padrões da época. A liberdade de escolha tornou-se característica marcante desta geração que busca realização e sucesso pessoal, valorizando primeiramente o trabalho e a carreira, e só depois a constituição da família.

Janela indiscreta — Um dos clássicos mais referenciados e reverenciados do cinema mundial, dirigido pelo mestre do suspense Alfred Hitchcock e estrelado por James Stewart e Grace Kelly. Foi lançado na década de 1950. James Stewart interpreta L. B. "Jeff" Jeffries, um fotógrafo que quebra a perna e é obrigado a ficar trancado em seu apartamento enquanto se recupera. Sua namorada é a sofisticada Lisa Carol Fremont, interpretada pela belíssima Grace Kelly. Sem ter o que fazer, bisbilhota a vida dos vizinhos; um deles é uma mulher solitária que ele apelida de Miss Lonelyhearts, senhorita "corações solitários".

Locadora de vídeo — Local onde se alugavam filmes em fita de videocassete.

Os Jetsons — Série de animação norte-americana criada na década de 1960, que narrava o dia a dia de uma família no século XXI, mais especificamente no ano de 2062. Algumas previsões futuristas do desenho já estão totalmente integradas aos nossos dias, como as conversas por vídeo.

Os Simpsons — Série de animação norte-americana que estreou no Brasil no começo da década de 1990. É uma sátira à cultura e à classe média americanas, simbolizada pela família Simpson, com seus carismáticos integrantes: os pais (Homer e Marge) e os três filhos (Bart, Lisa e Maggie).

Os Waltons — Série norte-americana produzida na década de 1970 e exibida no Brasil com grande sucesso. Mostra o dia a dia de uma família rural americana, formada pelos pais, sete filhos e os avós, na época da longa depressão que se seguiu à crise de 1929, nos EUA. A história era contada sob o ponto de vista de John Boy, o primogênito. As frases "Boa noite, John Boy! Boa noite, Mary Ellen!", um dos marcos da série, tornaram-se um bordão.

Pager ou bipe — Pequeno aparelho que podia ser encaixado no cinto ou no bolso da calça, onde eram recebidas mensagens curtas de texto. As mensagens eram enviadas, por ligação de telefone fixo, para uma central, que repassava o recado para o pager. Era também conhecido como bipe por causa do barulho que fazia quando uma mensagem apitava. Antecedeu os telefones celulares.

Prafrentex — Pra frente, ousado, moderno. Gíria dos anos 1960.

Primário, ginásio e científico — Os dois primeiros equivalem ao ensino fundamental, e o terceiro, ao ensino médio.

Secretária eletrônica — Dispositivo instalado no telefone fixo das casas para gravar mensagens quando a pessoa chamada não estava ou não atendia.

Vídeo — Forma abreviada para se referir à fita de videocassete VHS (Video Home System / Sistema de Vídeo Caseiro) ou ao aparelho de reprodução da fita de videocassete que se conectava à televisão. Exemplo: "Vamos pegar um vídeo para assistir lá em casa?" ou "Liga o vídeo para vermos logo esse filme!"

Workaholic (ing.) — Alguém viciado em trabalho.

Yuppie — Expressão derivada da sigla YUP (Young Urban Professional / Jovem Profissional Urbano), era usada para fazer referência a jovens executivos, de sucesso e bem remunerados, que consomem artigos caros e seguem as últimas tendências da moda.

[1ª HISTÓRIA]

DE REPENTE O MUNDO FICOU REALMENTE GRANDE

Ninguém se torna um voyeur. Já nasce assim. Se você olhar um berçário com bastante atenção, vai perceber que algumas crianças viram o rosto quando encaradas. Foram descobertas. Eu sei do que estou falando. Nasci prematuro e as semanas na incubadora me ajudaram a desenvolver um senso agudo de observação. Meus olhos eram a porção humana de um corpo com pulmões artificiais e uma cabeça inchada de veias sob a pele fina e transparente.

O fato é que o olho, e tudo que se relacionasse ao olhar, virou obsessão durante a infância. Aos cinco anos, costumava ficar imóvel, durante horas, entre as folhagens do jardim da casa da minha avó. Não via nada além do passo apressado dos pedestres ou um bando de comadres na volta das compras. Não importava. O fascínio existia em estar ali sem ser notado. Eu via sem ser visto.

O primeiro binóculo veio aos sete anos, presente de uma tia observadora de pássaros. Era de plástico, sem muito alcance. Foi a melhor surpresa daquele natal de 73. O trem elétrico, última moda, virou diversão para meu pai e meus irmãos. Nessa época, eu queria ser detetive ou agente secreto. Morávamos ao lado da casa dos meus avós. Eu subia numa torrezinha, no último andar, e, de lá, acompanhava todos os passos de Sueli, empregada do apartamento do Sílvio, colega da escola. Sueli era linda e, como qualquer garoto, eu tinha minhas fantasias. Todas frustradas. Nenhuma troca de roupa, nem um mero sutiã à vista... Confesso que minha vida de voyeur infantil jamais presenciou nada picante, erótico, sensual. Talvez a única imagem ousada que me venha dessa época seja a da bunda mole do pai do Sílvio, quando a toalha escorregou numa corrida ao telefone.

Curioso que sejam recordações tão vivas da minha infância. O velho binóculo de plástico ainda existe. O primeiro de uma vasta coleção. Embora hoje possua outros superpotentes, de longuíssimo alcance e visão noturna, nenhum foi tão usado quanto ele.

Pode ser que ninguém acredite, mas, depois que mudamos de casa, perdi o interesse em bisbilhotar a vida alheia. Permaneceu a mania de comprar binóculos, lunetas e coisas do gênero, mas só pelo hábito de continuar uma coleção de infância. Quem sabe uma herança genética? Meu pai colecionava cachimbos mesmo depois de abandonar o fumo. Chegava a ser obsessivo, do tipo que frequentava leilões e corria antiquários nas manhãs de sábado.

Relendo estas linhas, penso em quão sem atrativos foi minha normal e previsível infância. Cresci no lado cor-de-rosa dos anos 70, numa família despolitizada e bem-sucedida, com uma mãe prafrentex, como ela gostava de alardear aos quatro ventos. Não tive irmãos revolucionários nem irmãs que casaram grávidas. Meu pai jamais esquecia o beijo de boa-noite na testa. Eu era o caçula, temporão, ex-prematuro, belo adormecido, que não perdia um episódio dos *Waltons*.

Depois vieram o primário, o ginásio, o científico, o vestibular, a faculdade, o emprego, a promoção, a chefia. E aqui estou eu, do alto dos meus quase trinta anos, de perna quebrada, retomando os desejos secretos de menino.

*

Se fosse esperado, não seria acidente. Rebato cortante quando o assunto moto vem à tona. O atropelamento aconteceu no caminho para o trabalho. A máquina voou uns quinze metros. O motorista do carro enfurecido fugiu. Minha sorte foram os dois guardas municipais que passavam pelo local. Resumindo: socorro prestado, família avisada, inquérito policial e aqui estou eu, com o platô da tíbia fraturado, gesso até a coxa, sem poder colocar o pé no chão.

As visitas partem apressadas. É quando o dr. Rubens diz que terei de ficar dois meses em casa para me recuperar do acidente. Reajo indignado. Dois meses? Está louco?! Não tenho esse tempo! E vem a resposta calma do médico irritantemente literata. Você parece o jovem Hans Castorp, de *A Montanha Mágica*, chegando no sanatório Berghof. Lembra-se do que disse o primo Joachim? Mais ou menos isto: "Aqui não fazem cerimônia com o tempo da gente." Três semanas são como um dia, vai ver...

Me dá dois tapinhas nas costas e sai. Minha namorada Gilda perde a chance de ficar calada. Se três semanas são como um dia, e dois meses têm oito semanas, você não vai ficar nem três dias de cama! Não há resposta para uma mulher como Gilda. Então, peço apenas que me deixe sozinho, pois estou muito cansado, et cetera et cetera.

Preciso do autolamento mudo. Dizer que foi mau-olhado, me xingar por insistir na moto (é o terceiro acidente) e agradecer por não ficar paralítico (nem cego, meu maior temor). Suspiro de alívio. A lembrança da paralisia surge para espantar a pena que sinto de mim. Vem daquela parcela Poliana que a gente nega que tem. Mas tem.

É seguindo esta linha do feliz que busco o lado positivo do descanso forçado. Vejo a chance de colocar os filmes em dia (a gerente da locadora, comovida, me garantiu prioridade nos lançamentos); ler todos os livros comprados há meses; jogar Game Boy (embora não dispense o Atari); assistir à tevê a cabo, *Sessão da Tarde*, desenhos... e até *Chaves*. Também é o momento de receber visita demorada de mãe e jogar conversa fora ao telefone. Triste é constatar que todas essas opções se esgotam nos primeiros dias do exílio inesperado. Depois é você com você.

Nesse espaço, em que o tempo troca o relógio pela solidão, ganho a companhia de um silêncio que tudo vê. Atrás das lentes de um indiscreto binóculo, reino eu, um ser feito só de olhos, um voyeur.

*

O apartamento está na penumbra. Tiro uma soneca. Ela chega, sem que eu perceba, e me beija docemente. Abro os olhos ainda sonhando.
   Ela: — Como vai a perna?
   Eu: — Dói um pouco.
   Ela: — E o estômago?
   Eu: — Totalmente vazio...
   Ela: — E a vida amorosa?
   Eu: — Pouca atividade.
   Ela: — Mais alguma coisa te incomoda?
   Eu (resmungo, mimado): — Quem é você?
   Caminha lentamente até o primeiro abajur.
   Ela (sensual): — ... nome por nome ...
   Acende.
   Ela: — Lisa...
   Agora, o segundo. Mais luz.
   Ela: — Carol...
   Finalmente o terceiro. A sala está quase às claras.
   Ela: — ...

Acordo suando. Puf! Grace Kelly se foi sem que eu pudesse realmente vê-la... mas sei que era ela. Assistir ao mesmo filme um milhão de vezes dá nisso. *Janela indiscreta* é, sem dúvida, o cult movie de todo acidentado. E não é porque Hitchcock é um gênio, não. Acreditem, a gente fica igual ao Jeffries do James Stewart. Pego o binóculo para a ronda diária e me lembro dos conselhos da enfermeira dele, Stella.

"A pena para o voyeurismo é de seis meses na cadeia... e lá não tem janela." Ou ainda: "Deveriam olhar a própria casa para variar." As lentes me transformam no homem invisível.

À primeira vista, a vizinhança nunca é interessante. A gente se pergunta. Por que não moro perto de uma gostosona da *Playboy*? Ou da Isabel do vôlei? Já pensou em frente à casa da Letícia Spiller? Nomes famosos passam pela cabeça. Até que a gente começa a conhecer os anônimos que nos cercam. E não consegue mais se separar deles.

O primeiro alvo foi a família dos Simpsons. Apareceram para mim ao mesmo tempo que levava um pé na bunda de Gilda. Falávamos ao telefone, o binóculo bobeando na mão. Já ouviu falar da geração X? Então converse cinco minutos com Gilda. Para encurtar. Depois de um relacionamento de dois anos, rompemos em alguns impulsos. Me ligou de Manaus. Fazia uns quinze dias que eu estava em "prisão" domiciliar. Gilda, roteirista e ecológica, participava de um documentário para uma tevê francesa sobre o contrabando de animais silvestres na Amazônia. Disse que me amava, mas não podia jogar em mim suas expectativas, que as "coisas" estavam começando a acontecer para ela e tinha de viver isso por inteiro, que eu era um workaholic e ela precisava focar mais em si própria. Bombardeio para todos os lados.

Eu segurava o fone com o ombro. Mudo, me divertia com o vaivém daquele apartamento na diagonal, um andar abaixo do meu. Não via a cabeça de ninguém, só os corpos flácidos, largados. A mãe, o pai, um filho, duas filhas. As mulheres punham a mesa do jantar. Os homens assistiam à tevê. Às vezes, um sumia para surgir em seguida com uma cervejinha, um prato de queijo cortado em cubinhos e outro com salaminho. E me vinha o desejo intenso de comer mortadela. Diabos! Gilda compulsiva no meu ouvido e o estômago pedindo colesterol, gordura... linguiça... picanha... torresmo...

No final de toda a verborragia, Gilda deixa escorregar o que era obviamente o motivo da separação. Estava tendo um caso com o diretor francês do tal documentário e já pensavam em viver juntos.

Por que ela não foi sincera de cara? Para que o discurso sobre se lançar no mundo, livrar-se das amarras do emprego estável pelo desafio do desconhecido, quando seria mais verdadeiro dizer que não tinha a ver com trabalho, apenas tô indo, encontrei alguém que amo e que me corresponde? Quero ter uma família, casa na praia, crianças berrando... assim (contraditório, mas é isso mesmo!) como fizeram meus pais, avós e bisavós. Mas não. Gilda joga um bando de frases feitas de filme pseudocabeça. E ruim. Desliguei dizendo que ia superar, que a vida é assim mesmo. Ela prometeu mandar postais da França e jurou que seu primeiro filho teria meu nome.

Os Simpsons estão na sobremesa. Devoram uma suculenta mousse de chocolate enquanto assistem à novela. Ligo a tevê. Em seguida, virá o programa que dirijo. Nessa segunda semana longe do trabalho, ninguém mais liga afobado. É duro aceitar que não sou insubstituível. Eu sei que meu lugar está lá, esperando. Mas se eu morresse amanhã, não faria a menor diferença, por exemplo, para os Simpsons. Para eles eu valho menos que uma mousse. Dela sentiriam falta. Pronto, estou deprimido. Não pode ser por causa de Gilda. Nestes dois anos, se ficamos juntos três meses foi muito. Quando não era eu viajando, era ela. Quando ela tinha uma folga, eu estava num freela. Se o meu horário era de manhã, o dela era de madrugada... Para completar, nunca moramos juntos. Fazendo as contas, não deve dar nem três meses.

Deixo a tevê no mudo e volto ao binóculo. Na casa dos Simpsons, papai Homer ronca. Mamãe Marge joga cartas com os filhos. Cansei deles. Vou para outro apartamento onde uma mulher fala ao telefone ao lado de uma senhora inválida. Mãe e filha. Ela é minha senhorita lonelyhearts de *Janela indiscreta*. A solitária carente que mora debaixo do vendedor assassino e quase tenta suicídio. Parece fisicamente com ela. Numa noite quente, a mãe já dormindo, flagrei-a de baby doll se admirando no espelho da porta do armário. Vi nela o rosto da infância: Sueli. Um frisson percorreu minha espinha. O sexo nunca visto pela criança estava ali.

Naquele corpo casto, que ela tocava com economia e pudor, satisfazia meu desejo de voyeur infantil. Um desejo longe do sexual. Era o prazer de estar num lugar sem que o outro percebesse. Participar do momento mais íntimo daquela mulher, jamais compartilhado. Eu, um homem que poderia estar na frente dela no supermercado, ao lado dela no consultório dentário, sem que ela levantasse os olhos recatados. Eu estava ali agora. Dormi realizado. Mas, nas noites seguintes, decepção. Nunca mais vi minha senhorita lonelyhearts com o baby doll. Apenas a camisola de algodão, solta, sem formas. E as mãos, ocupadas com o terço e o missal, não faziam mais passeios pela carne. Desisti dela. Houve mais três ou quatro apartamentos que bisbilhotei, até encontrar Francis.

*

Da janela do meu quarto tenho a vista perfeita para o apartamento de Francis. As cortinas de bambu raramente são baixadas. Os dois quartos e a sala são de frente. Só me escapam a cozinha e os banheiros. No lugar das janelas, portas de vidro que dão para uma varanda curta, sem rede, mesa ou plantas.

Traçando uma reta, é o edifício bem em frente ao meu, porém, como a rua é larga e arborizada (uma avenida de duas mãos), se torna distante a olho nu. Acho que demorei a chegar nele por estar tão bem localizado. Preferia os contorcionismos que me levavam aos Simpsons ou à senhorita lonelyhearts. Até que, certo dia, num apartamento do mesmo prédio, as luzes ficaram coloridas e um globo ocupou o teto. Leggings brilhantes, collants, blazers de gola pontuda, calças boca de sino e uma salada de estilos invadiram o apê de um casal yuppie quarentão. Nada melhor para uma sexta-feira à noite do que uma festinha de época, pensei comigo. Fiz pipoca, peguei uma coca (estou sem beber álcool por causa dos antibióticos) e fumei unzinho para entrar no clima. Aliás, até hoje não consegui descobrir se era uma festa anos 60, 70 ou 80.

Lá pela meia-noite, devia ter umas trinta pessoas. Desde as dez eu observava o entra e sai da casa esperando que algo acontecesse. Apartamento lotado, pessoas lindas, fantasias hilárias, muita bebida, comida, drogas e música. O som tomava a rua, e tinha de tudo: Rolling Stones, The Doors, Beach Boys, Titãs, Rita Lee, Red Hot Chili Peppers e até Mama Cass. Só que a festa não emplacava. Nada acontecia. Cinco ou seis casais dançando. O resto espalhado pelos cantos. Pareciam figurantes mal pagos de um filme B. Um grupo saía da pista improvisada no meio da sala, entrava outro, e assim sucessivamente. A onda do bagulho tinha passado, deixando-me apenas o tédio de uma sexta solitária.

A música começava a baixar. A festa foi saindo de quadro nos zigue-zagues do binóculo por aquela vizinhança pouco explorada. Desce, direita, esquerda, sobe. Festa de novo, caio alguns metros para evitar o torcicolo. Prendo a respiração. Deus recompensou o voyeur. Aquele apartamento, logo abaixo, estava o tempo todo ali, bem na minha frente... mas só agora eu o via. Pescoço reto, me endireito na cadeira de rodas. Sorrio de boca fechada. A perna coça. Sorrio para dentro, cheio daquela satisfação que nos invade quando temos uma alegria inesperada. A minha vestia apenas uma toalha nos cabelos. Passos leves, flutuava no quarto com cara de banho quente recém-tomado. Parecia um pêssego. Se fosse uma atriz, seria Kristin Scott-Thomas. A Fiona de *Lua de fel* e *Quatro casamentos e um funeral*... a Fiona era Francis.

Não cansava de olhar aquela mulher linda, nua, passando creme por todo o corpo. Imaginava o cheiro, a maciez da pele. Em segundos, vi toda uma vida juntos. Nós dois casados e felizes, um par de filhos capa de revista. Ora enfeitando árvores de natal, ora escondendo ovinhos de páscoa... Tudo isso recheado com muito sexo.

Observei-a por cinco ou seis dias, não sei ao certo. O tempo correndo indiferente ao relógio. Só olhava as horas para vigiar a vida da minha amada. Era metódica, previsível, concentrada. Acordava às sete e quinze. Sempre de um pulo. Jamais desperdiçava minutos num espreguiçar matinal. Francis não tinha espaço na agenda para rolar na cama. Vinte minutos de banho e voltava ela, cabelos molhados pingando pelo quarto. Passava o secador, rapidamente, e entrava dentro de uma roupa branca impecável. Depois, era checar se a secretária eletrônica estava corretamente ligada, pegar a chave do carro, a bolsa enorme e a pasta de couro com alça. Saía sempre sem tomar café, com um iogurte na mão. Eu contava mentalmente até duzentos e baixava a cabeça. A porta da garagem se abria e minha médica seguia para mais um dia de trabalho. Depois era esperar pelas nove da noite, quando surgia suada, de tantos abdominais, dentro de uma malha preta justa.

Era impossível não associar Francis a mim. Tudo em sua vida era cronometrado, o dia rendia sem desperdícios. Até que veio a quinta-feira, dia da faxineira de Francis. Cleo virou a casa inteira. Eu observava a moça enlouquecida no funk com a vassoura. Me divertia aquela alegria gratuita. Como alguém, ganhando tão pouco, tinha espaço para o bom humor? Foi no meio dessas meditações que Francis chegou quebrando a rotina.

*

Às seis da tarde, Francis entra correndo. Cleo está com a chave na porta. Conversam alguns segundos. Francis carrega uma braçada de rosas-chás, que coloca sobre a mesa da sala. As duas somem, por instantes, no hall do elevador. Mas tão cedo em casa?! Coisa ruim não é... Francis transborda de felicidade... sinto daqui. Ela está diferente. O que aconteceu? Será que é seu aniversário? Segundos pensando.

Não. A ideia vai embora da mesma maneira que surgiu: voando. Ninguém com mais de dez anos vibra só porque é aniversário... Pelo menos ninguém como eu ou Francis. As duas voltam com sacolinhas de uma delicatessen. Tudo se explica. O que balança minha médica é o amor. Cleo se despede. Acho que desejando boa sorte.

A primeira reação é ciúme. Normal. Francis era, até cinco minutos atrás, minha cara-metade. Relaxo. Penso que o exílio involuntário não me tem feito bem. Francis... Francis... Lembro de Mário de Andrade. "Se você ama, ou por outra se já deseja no amor, pronuncie baixinho o nome desejado." A obsessão me guia. Melhor comer alguma coisa. Enquanto devoro um pacote de Ruffles, rio do absurdo solitário. Como é carente o ser humano que necessita de outro para se sentir um. A mulher que me chega pelas lentes é fruto da minha imaginação. É o que eu quero que seja. Por tal, me pertence.

Um concorrente é sempre inimigo. É preciso estar belo, mesmo que anônimo. Barbeador elétrico na mão, preparo-me cuidadosamente. Estarei lá o tempo todo. E se pensamento tem força, a noite deles acaba cedo. Quando alguém se encontra como eu, preso a um mundo de ângulos e distâncias, dependendo da boa vontade de uma cortina aberta, as necessidades se modificam. A minha, agora, é impedir que um desconhecido ocupe o espaço que preencho há seis dias.

Enquanto minha mente trabalha sem parar, vejo Francis arrumando a sala, borrifando com colônia a roupa de cama, escolhendo o vestido mais sensual. Minha vontade é descer agora e invadir o apartamento dela. E beijá-la como um galã dos anos 50. Um Marlon Brando, um Montgomery Clift. A campainha toca. Sei disso porque Francis sai correndo do quarto, depois de se olhar no espelho. Abre a porta. O binóculo cai.

Passo por aqueles segundos que soam como horas. Estou prolongando ao máximo a revelação que me chegou tão desavisada. E agora lanço-a num jorro. Francis é gay. Diz o ego ferido. É lésbica, é sapatão! Francis gosta de mulher. E de que mulher. Ainda não consigo definir se o que sinto é ciúme ou inveja. Cecília é maravilhosa. Parece Madeleine Stowe — *Quatro mulheres e um destino, Tocaia, Os doze macacos.*

O que me perturba não é o fato de ver duas mulheres juntas. Acho até muito excitante (como todo homem que conheço). Sou um S (simpatizante), como qualquer moderninho do eixo norte-sul. Numa mesa de bar, lanço o discurso enxuto e já decorado sobre a orientação (uma amiga do trabalho me espinafrou certa vez que falei "opção") sexual e individualidade de cada um, a teoria de que todos ou quase todos (ressalto o *quase*), no fundo, somos bissexuais uterinos, que tenho amigas gays et cetera. É fácil ser clichê de botequim.

Neste exato momento, pego todo o meu discurso e jogo na lata de lixo. Francis não pode ser *gay*. Cecília não pode ser *gay*. Repito a palavra *gay* com despeito. Elas são lindas, perfeitas... O macho adormecido acorda com água fria na cara. Impotente muito além da cadeira a que estou preso. Não posso entrar na vida de Francis. Cecília já está lá. Ocupando todos os espaços. É isso que me perturba.

Subitamente, Francis ganha novas dimensões e se torna outra personagem. Nossa vida juntos evapora. Poderia optar por acompanhar seus passos e narrar as dificuldades e intimidades de uma mulher gay no fim do século XX, que supera o preconceito e vence na... nem termino a frase, soa altamente cafona. Mas como cada história tem seu tempo, esta fica para depois. E já que a franqueza é a melhor amiga deste narrador, fica dito desde agora. Cenas picantes da vida de Francis e Cecília não passarão por este relato. São imagens que guardo nas lentes de meu binóculo indiscreto. Até o mais sórdido voyeur pode ter alguma ética. Volto a ser viajante ocular.

*

Dois andares abaixo, encontrei Fernanda. Sexta-feira. Chegou pelas duas da tarde, carregando um punhado de livros. Uma semana exata depois da festa yuppie. Após a emocionante noite anterior, era óbvia a minha curiosidade em relação à nova (nova para mim) moradora.

Depois de quase uma hora de banho, entrou no quarto de roupão, mexeu na estante com calma e foi para a varanda. Lá ficou, olhando o nada, até anoitecer. Do lado de cá, fiquei profundamente irritado. Aquela mulher aparentemente saudável, com DUAS pernas enormes, bundando no meio da tarde? Tá tudo errado. De férias, não está... penso. Era ela, e não eu, quem deveria ter quebrado a perna. Decepção. Se ao menos fosse sedutora como Francis, despertaria meus olhos de sentinela. Mas a primeira impressão é insossa.

Largo o binóculo. A sensação é de que a única vizinhança que presta para um voyeur foi esgotada por Hitchcock. Jeff, esse sim, tinha com o que passar o dia. Um pianista boêmio, uma bailarina cheia de amantes, um casal em lua de mel, uma mulher solitária e alcoólatra, um vendedor assassino. Eu só tinha a família classe média, a filha cinquentona arrimo de mãe, o casal yuppie, o casal das lésbicas e a desocupada. Tudo com cortinas mais cerradas do que abertas. Fazer o quê? Aos poucos fui me adaptando àquele grupo heterogêneo que, de forma tão inesperada, passou a compor meu círculo mais próximo de amigos.

Estabeleci uma nova maneira de marcar o tempo. Me guiava pelo relógio dos outros. Assim, acordava com Francis, tomava café com a senhorita lonelyhearts e a mãe, almoçava com Marge e os filhos, lanchava com a Cleo, jantava com os yuppies e, no dia seguinte, tomava café com papai Homer et cetera. Foi em meio a esse dia a dia metódico que passei a ver Fernanda de maneira diferente. Ela não tinha rotina. Não tinha horários que eu pudesse acompanhar e prever.

Às vezes, tomava café da manhã às onze e só comia novamente às oito da noite. Outros dias, beliscava o tempo todo. Num momento inspirado, sentava-se ao computador de madrugada, escrevendo, escrevendo. Dormia ao amanhecer. Noutros, deitava-se às nove da noite e levantava às seis para andar na praia. É como se Fernanda não pudesse programar nada em sua vida. Como se programar implicasse em não cumprir. Aos poucos, observar a falta de rigidez rotineira, o fazer nada sem culpa, foi se transformando em meu grande prazer.

*

Tenho uma ambição desmedida, que Fernanda não possui. Quero muito, o poder me agrada. Ela se esconde numa dissertação de mestrado. Muitas vezes, julgo que ela adoraria ter sofrido meu acidente para poder adiar mais um pouco a entrada na vida.

A esta altura, já a acompanho faz uma semana. A primeira impressão insossa é substituída pela sensação de descobrir alguém especial. Não é bela o bastante para o encanto de um primeiro olhar. Também não tem a fibra da profissional atirada que fascina ao mesmo tempo que amedronta. Mas a beleza é um misto de genético e cosmético; e o sucesso, de oportunidade, perseverança e algum talento. Fernanda tem carisma. Isso é herança divina. A gente vê Fernanda no primeiro dia e dá de ombros. No segundo, as lentes a procuram como quem não quer nada. E assim os dias vão passando, e o foco cai nela não se sabe por quê. Não anda pelada, não faz nada de mais. No entanto, os olhos se perdem em observá-la, horas a fio, neste não fazer, por alguma razão que meu eu racional não explica.

Fernanda me faz caminhar por porções desconhecidas do meu ser. Me faz ser menos cartesiano e pensar em coisas como coincidência e fatalidade. Até então, os dois meses de restabelecimento eram encarados como um afastamento temporário do mundo. E o voyeurismo, a forma mais divertida de ilustrar o ócio quando, meses depois, tivesse de falar sobre a experiência do isolamento.

Hoje, vejo que desperdicei grande parte da vida numa viagem narcisista. Tudo tinha de ser previamente pensado. Não existia acaso. O acidente aconteceu por descuido do motorista do carro. Eu, que possuía tantos binóculos, poderia tirar proveito do ócio olhando a vida alheia e, como uma fofoqueira de cabeleireiro, ir passando os minutos. Com certeza, achava, iriam me admirar pela maneira criativa de encarar um momento tão difícil. E, então, voltaria triunfante para a vida, perfeita e asséptica, mostrando que meu lugar ninguém tirava. Com a simpatia cínica que me é habitual, deixaria claro, a quem tentou me derrubar na minha ausência, que minha posição não se toma tão fácil assim.

Mas Fernanda está ali para que eu me debata. Já não sei quanto tempo falta para voltar ao trabalho e, surpreendentemente, pouco me importa. Tenho tantas coisas a fazer aqui. Ela está me invadindo. Vemos os mesmos filmes, lemos os mesmos livros. E passamos horas olhando o dia passar. O dr. Rubens tinha razão sobre as três semanas... quer dizer, Thomas Mann é que tinha. Às vezes, a noite cai e percebo que estava há horas pensando em algo que absolutamente não lembro. Não sei por onde andam os relógios e calendários. A assinatura do jornal só mantenho por causa de Cibele, meu misto de enfermeira e fisioterapeuta.

Cibele merece algumas linhas. É minha grande companheira das manhãs. Chega sem fazer barulho. Prepara o café. Depois o banho e faz massagens para circulação. Sem maldade. Cibele é uma vovó bonachona beirando os setenta. Como o gesso vem até a coxa, me revezo entre a cama e a cadeira de rodas, que possui um apêndice para a perna esticada. Agradeço às aulas de musculação que me permitem passar de uma para a outra sem ajuda. A maior dificuldade diz respeito às necessidades fisiológicas básicas. Os escatológicos que me perdoem, mas essas intimidades não vou compartilhar. Voltando à Cibele. Levanta o olhar várias vezes durante a leitura do jornal em desaprovação ao meu vício ocular. Finjo que não percebo. De vez em quando, chamo-a para que veja também. Ela se aproxima com a relutância dos falsos curiosos. E é assim, com poucas palavras, que se constrói nossa pacata rotina.

Às terças e quintas, é dia de Dolores. Trabalha comigo desde que saí da casa de meus pais. Lava, passa, cozinha, arruma e me diverte de uma forma carinhosa. Em outros tempos, me entediava o blá-blá-blá de Lolita que já deixou de ser ninfeta há muito. Hoje não. Escuto, com real interesse, as histórias, dou opiniões e me vejo perguntando quem ela acha mais bonita: Francis ou Fernanda? E ela acha Fernanda. Eu, para contrariar, mas vibrando lá no íntimo, tento provar racionalmente que Francis é mais interessante. Olha o corpo, os olhos, a pele, o cabelão. Lô puxa o binóculo. Não senhor, a outra tem cara de gente, não de cinema. Não tenho argumento e me calo apertando os lábios. Dolores definitivamente me surpreende. Ela continua falando já não sei sobre o quê. Não presto mais atenção e caio, mais uma vez, em pensamentos gratuitos.

As visitas tornaram-se esparsas. Os tantos amigos ligam prometendo uma passadinha no final de semana. Mas então aparece um compromisso de última hora e aí, você me desculpa, não dá para ir. Deixa para o próximo, respondo. E desligo o telefone dizendo que tudo bem. Um doente é sempre adiável. No início, me incomodava ser deixado de lado. Agora não. Quando a gente não teme a solidão, ela se torna grande aliada nos mergulhos da alma. É isso que aprendo com Fernanda. Assim, nossas histórias caminham juntas e vão se cruzando. Hoje está cabisbaixa, quieta. Remexe a pasta vermelha onde vive a memória de um pai desaparecido depois de um desastre aéreo. Fernanda sofre a morte sem corpo. A pior dor deve ser a da esperança... Levanta e sai para passear na praia. Fico só, pensando que a família *Waltons* virou um seriado velho e desbotado.

Quando pequeno, gostava de pensar que era um dos *Waltons*. Para ser mais exato, John Boy. No entanto, como caçula, sofria com as piadas de meus irmãos e irmãs, que me apelidaram de Elizabeth (ela mesmo, a ruivinha sardenta). Rio saudoso desse flashback da infância. Nossa casa era daqueles lares que geram exclamações positivas. Um lugar onde nos reuníamos ao jantar e falávamos, cada um, sobre o seu dia. Alguém já viu algo mais *Waltons*?! Minha mãe era um tipo que todos os coleguinhas queriam... sem segundas intenções. Bonita, culta, esportiva, moderna para a época. Bem prafrentex, termo que ela usa até hoje. Não se importava que virássemos tudo de cabeça para baixo. Falava sobre drogas e sexo sem nos deixar envergonhados. Os amigos do meu irmão, todos adolescentes nos anos 70, fumavam maconha lá em casa. Mamãe era adepta do método melhor fazer sob os olhos do que longe deles. No fundo, era igual a todas as mães, só que com fachada reciclada. E era muito esperta. Permitindo o proibido, não havia o que infringir. Tinha um discurso, que hoje acho tão reacionário, de que nos deixava, vejam bem, nos deixava fazer o "ilegal" para que pudéssemos perceber que não haveria a menor graça se liberado. Assim, a gente experimentava e logo enjoava. Nenhum de nós a decepcionou. Já papai era igual a qualquer alto executivo que sai muito cedo e volta à hora do jantar, porque reunir a família a essa hora é fundamental. O casal vivia aparentemente bem. Não acho que ele tivesse (ou tenha) amantes, nem ela.

    O fato é que se achavam melhores do que os outros e nos criaram como se fôssemos especiais. Tudo dentro da mais falsa modéstia. Me lembro tanto da minha mãe, no meu primeiro campeonato de tênis, aos sete anos. Promete que não vai acabar o jogo logo. Deixa o Sílvio ganhar pelo menos um set. Ele é um menino tão inseguro! E me deu um beijo na testa. Até hoje não sei se o Sílvio fechou aquele set ou se eu deixei. Crescemos dentro da aura de que éramos escolhidos, mas que não revelássemos a ninguém para não despertar inveja. O resultado foram cinco filhos que corresponderam exatamente às expectativas dos pais.

    Aqui deixo meus irmãos de lado e falo por mim. Tenho grande parcela de culpa nessa criação tão... higiênica (não encontro palavra melhor). Sempre foi confortável viver dentro de um mundo a favor da corrente. Se não me rebelei, foi por comodidade. Eu gostava de parecer ser mais do que os outros. Não tenho a menor dúvida da minha competência, mas é óbvio que ter tido estes pais me fez chegar mais rápido onde estou. Os melhores colégios, viagens, uma biblioteca fantástica ao lado do quarto, muito esporte e disciplina no estudo. Assim fui moldado. Não posso culpá-los, eu fui conivente. Neste exato momento, sinto enorme ternura pelos dois. Em suas faces envelhecidas carregam a tranquilidade (é no que certamente acreditam) da missão cumprida. Talvez eu tenha sido cruel ao falar deles.

Ver Fernanda chorando me faz percorrer todo o caminho dos meus trinta anos e perceber que ele não bifurcou por um triz. Se fosse meu pai, e não o dela, que tivesse morrido, que outro eu seria eu?

*

A gente só existe quando é olhado. Ouvi isso numa das madrugadas de tevê. Era um documentário francês sobre os sem-teto em Paris. Fiquei pensando que jamais vi um mendigo. Eles infestam a cidade, mas não consigo lembrar de nenhum. Alfredo me liga do trabalho e, como quem não quer nada, solta que Bianca tem recebido milhões de elogios. Quer me passar a perna, alerta esse misto de cobra e cordeiro. Se fosse há um mês e pouco, chamava a traíra para um confronto.

Agora não. Que faça bom proveito. Doze a catorze horas por dia em função da vaidade. Não por grana. Conheço o meio, deve estar recebendo pouco para me substituir. Pagam o trabalho com a ilusão de poder. Parecemos cães disputando o afago dos donos.

Um esclarecimento. A ligação do amigo raposa aconteceu no dia seguinte a mais uma visita do dr. Rubens. Os dois meses (que se esgotam na próxima semana) terão de se estender, ele disse, com pesar. A fratura não solidifica. Dr. Rubens não encontra lógica.

Tenho a ossatura firme, nenhum antecedente de má calcificação. Talvez seja necessário operar, colocar os tais pinos de aço, ou platina, sei lá. Surpreende-o a firmeza com que aceito. O repouso tem me feito bem. Tentamos alguns meses mais antes de entrar na faca... E aí sou eu quem lembra de Hans Castorp. Penso mudo. Sete anos no sanatório Berghof foi no que se transformou a vida de Joachim.

Nem vinte e quatro horas depois, recebo o telefonema alerta de que meu lugar corre perigo. Eu queria sentir raiva, mas sinto alívio. Alfredo, "grande" amigo, cria a intriga sobre Bianca porque não suporta ter sido preterido. Em sua mente quadradinha, era ele o sucessor natural. Quer dividir comigo a humilhação que sente por ter perdido para ela. Não caio nessa, embora já saiba que perdi também. Ninguém é insubstituível. Lembro da depressão pós--acidente. Quem foi ao ar perdeu o lugar.

Se tivesse morrido na hora da batida, teria me transformado num ser de possibilidades. Lembrança eterna do rosto jovem, de tudo o que poderia ter sido... Mas os deuses não me reservaram o destino trágico. Sou mais coro que herói. E continuo bem vivinho para aturar o veneno do Alfredo. Se a boa senhora me levasse agora, durante o sono, ganharia apenas o choro dos parentes e de alguns poucos amigos. Talvez tivesse até um enterro cheio, mas nada co-movente. E Bianca e a chefia agradeceriam o destino que resolveu por eles o futuro e batizariam o auditório com meu nome. A morte violenta é definitivamente heroica?

Sinto angústia. É engraçado que uma palavra tão melosa tenha um significado tão apertado. Alfredo vai me fazendo parecer grande para meu peito. Meu próprio corpo sufoca. Ele fala e o passado se projeta nos meus olhos em ritmo acelerado. Como se tivesse pressa em escolher as imagens da fita da minha vida. Não me decido por nenhuma, todas iguais. Não é possível que trinta anos voem sem marcas. É nada o que vejo quando me olho. A sensação é de que vivi sem existir.

*

Chove horrores. Uma daquelas tempestades com cara de enchente. Trânsito por todo lado. Buzinação infernal. Cibele chegou atrasada, e Dolores, pelo jeito, não vem. Mamãe liga para dizer que é impossível sair num dia como hoje. Tudo alagado. Tá bem, respondo. Amanhã você passa por aqui. Pego o binóculo. Fico de tocaia.

Casa vazia. Epa! Quem é esse homem que eu nunca vi antes? Um estranho entra no apartamento de Fernanda. Carrega uma mala média, um tubo de gravuras e um sacolão cor de vinho. Se essa história se passasse na década de 40, diria que era um pracinha voltando da guerra. Os papéis se invertem, ou melhor, se colocam em seus devidos lugares. O estranho sou eu, e ele, o amor.

Solto uma gargalhada de babaca desantenado. Nesse tempo todo jamais me passou pela cabeça que Fernanda tivesse alguém. Assim, o aparecimento desse outro cria um conflito que não estava em meus planos.

Fábio, como eu, Fernanda e Francis, é mais um trinta. Alto, magro, cabelos despenteados. Um quê de Daniel Day-Lewis com barbicha e cavanhaque. Chega como o bip-bip do desenho animado deixando um rastro de bagunça. Toma um banho rápido, joga um bilhete na mesa e sai carregando o tal tubo de gravuras. Provavelmente um arquiteto que volta depois de fechar um bom negócio.

Fernanda entra uma hora depois. Carrega uma sacola de supermercado. É agora que decido que caminho tomar. Sou aquele menino que se apaixona secretamente por uma coleguinha que não é a mais bela, nem a mais inteligente, nem a mais falante... mas é a única que tem namorado. A diferença aqui é que não sou um menino, e ela, muito menos, a coleguinha.

A reação de Fernanda faz o binóculo saltar. Leu o bilhete sem nenhuma empolgação e, entediada, foi recolhendo a bagunça que veio perturbar sua ordem solitária. Relacionamento terminal, na cara. Dá para sentir no ar.

Dizer que o relacionamento é terminal foi um pouco de exagero. Digamos que acomodado. Fábio voltou à noite trazendo um sorvete para a sobremesa. Fernanda cozinhou um macarrão com molho de funghi seco (especialidade dela) e o serviu acompanhado de um vinho branco italiano. Conversaram muito. Ele falou mais do que ela. Previsível. Quem chega traz as novidades. Gesticulava, ria. Ela olhava, apoiando o queixo nas mãos. Vamos, pergunta pela minha dissertação. Eu conseguia ouvi-la gritar por dentro. Ele, nada.

Depois do jantar, Fábio vai para o quarto e pega o tal tubo. Ela espera os segundos passarem na varanda. Volta. Ele afasta os pratos e abre uma planta na mesa. Ela finge que se orgulha. Ele fecha a planta e, juntos, levam a louça para a cozinha. Sala vazia, quartos vazios. Aproveito para mijar. Quando levanto o binóculo, a luz do quarto se acende ao mesmo tempo que a cortina desce. O ciúme me aperta. Transam de luz acesa. Não posso ver. Mas o que importa? O que dói é que sei.

Passa uma hora, passam duas horas. Vejo um programa de tevê sem me concentrar. Faço a ronda na vizinhança, mas as lentes caem novamente no quarto de Fernanda (agora deles). Merda! Não podem ficar todo esse tempo trepando... Afinal, se tivessem com tanto tesão, não teriam nem jantado. Ops... A luz se apaga. Vão dormir. Não sei o que me deixa pior, se o ciúme do amor, ou da cama compartilhada no sono. Fernanda é espaçosa, tem medo do escuro, dorme com as cortinas abertas. A cama é pequena, estreita. Será que dormem abraçados?

É estranha a forma que o amor tem de se apresentar. Jamais senti por alguém o que sinto por essa mulher que mora tão perto e tão longe. E aí surgem três pânicos. O primeiro é que, se não houvesse o acidente, eu jamais teria notado Fernanda e, assim, viveria a vida inteira sem saber que ela existia e da sensação única que desperta em mim. O segundo, que descobri que amo Fernanda, mas cheguei tarde e não tenho coragem, por mais estúpido que possa parecer, de atravessar a rua e tocar a campainha com uma braçada de flores. O terceiro, que tenho visto filmes demais, o que faz com que surja o medo de não conseguir, depois de tirar o maldito gesso, voltar à lucidez que sempre guiou minha vida.

A noite vai ser insone. Falta o ânimo de passar da cadeira à cama. Já é madrugada. Tudo escuro na casa de Francis, subo mais um pouco. Encontro passatempo. Lembram do casal yuppie? É hora de falar deles. Deveriam ser mais cuidadosos com o que fazem. Agora, por exemplo, três da matina, estão com as luzes da sala acesas e completamente devassáveis. Cheiram uma atrás da outra. Não sei a que horas começaram, mas, provavelmente, ficam até o dia clarear. Cocaína é foda. Não cheiro mais desde que perdi um primo para o tráfico. Sou radical. O que é diferente de ser careta. Não sou do tipo que faz discurso. Apenas não cheiro mais.

Acredito também que não pode haver relacionamento que supere o pó. Cocaína é droga do só eu. No começo é divertido, deixa ligado, abre para tudo. Depois vira um tal de falar e falar e falar sobre si próprio que é um pé no saco. Ainda mais se as pessoas estão juntas há anos. O caso dos yuppies. Ela já se calou. Faz palavras cruzadas, com um cigarro pendurado na boca. Ele fica cutucando para ser ouvido. Tédio cá e lá.

Movimento no apartamento de Fernanda. Na sala, ela também acende um cigarro. Segue para a varanda. É, como eu, fumante esporádica. Faço o mesmo. Fernanda e Virgínia (a yuppie), neste exato momento, são tão solitárias quanto aquele que as observa.

*

Depois da noite maldormida, acordei com uma carta de Gilda. Vem de Lourmarin (nunca ouvi falar!), na Provence. Resolveram trocar a "estressante vida televisiva na grande Paris" (palavras dela) pela tranquilidade da padaria dos pais de Jean Claude (lembram do diretor francês?). Como é filho único, um dia herdará o negócio. Melhor começar desde já. Mas o motivo principal para que me escreva é o anúncio da cegonha. Gilda vai ser mamãe no outono (de lá). Está vibrando. Mal posso acreditar que a mulher que me escreve é a mesma com quem passei os últimos dois anos. Manda uma foto típica do início da maternidade, mãos cruzadas sobre uma barriga inexistente coberta por um vestido florido largo. Ao lado, o sorriso orgulhoso do futuro papai sabe-tudo. Ao fundo, a padaria. É uma daquelas fotos que preserva a felicidade do clique. Fico profundamente envergonhado por ter pintado minha ex-namorada, no começo desta narrativa, como "loura" burra de romance de quinta. É bom se despir da arrogância, nem que seja só para nós mesmos.

Nesse exato momento, o que sinto não é inveja nem ciúme. É nostalgia. O que me faz querer estar próximo a Fernanda é a mesma sensação que emerge da foto. Uma vontade gratuita de viver. Gilda consegue transformar o vilarejo distante, a padaria, o marido narigudo e o bebê em gestação no mais almejado de todos os desejos da Terra. Eu queria esse instante, com outra protagonista.

Conhecem *A invenção de Morel*? (Um livro fascinante do Bioy Casares. Dica do meu pai, como tantas das leituras obrigatórias, que hoje agradeço.) Se fosse eu o doutor, faria deste o momento eterno de Gilda... Pego o número na carta e disco. Preciso falar com ela agora. Dizer o quanto me alegrou saber das novidades, que deixar tudo foi um ato de muita sabedoria e que é uma grande mulher. Nem espero completar e desligo. Existem coisas que soam falsas pelo telefone. Como nunca consigo dizer o que penso de verdade, posso pôr tudo a perder com alguma ironia descuidada. Melhor responder com uma cartinha: "Adorei a novidade. Foi muito corajoso abandonar tudo. Diz para o Jean Claude que ele é um homem de sorte. Beijos. P.S.: Te mato se não trouxer o bebê para eu conhecer! Te perdoo se ele tiver o nome do avô, em vez do meu. Afinal, não tenho nenhuma padaria para deixar de herança. Você vai ficar mais linda ainda, barriguda. Te admiro muito. Mais beijos. Assinado: eu." Fecho o envelope. Cibele promete passar nos Correios depois daqui. Vou para a janela.

A manhã nublada é um convite à música e à leitura. Fernanda coloca três CDs no carrossel. Faço o mesmo: *Ideologia*, do Cazuza, *Verde anil amarelo cor de rosa e carvão*, da Marisa, e *Unplugged*, do Eric Clapton. Programamos as músicas aleatoriamente. Ela pega *Um copo de cólera*, do Raduan Nassar. O olhar transita das páginas para o vazio. Tenho que comprar esse livro. Folheio os encartes. "Tears in Heaven." Agora sou eu quem olha o vazio. É desses pequenos prazeres compartilhados que cresce a vontade de estar no mesmo espaço que ela. Às vezes penso que, no fundo, Fernanda quer isso também. É claro que o desejo dela não tem a minha forma. Espera um retorno do passado.

Passam minutos, horas. O livro cai da mão desconcentrada e Fernanda levanta. Que música toca? Eu aqui escuto "Na estrada", da Marisa. Não é uma coincidência deliciosa Fernanda chegar na varanda bem na hora em que cantarolo "ela vem, e ninguém mais bela vem em minha direção". Me mostrem um apaixonado que não ache que todas as músicas do mundo foram feitas para ele. Fernanda deixa a sacada para atender o telefone. Cara de quem fala com a mãe. Depois some para voltar com os cabelos molhados e sair.

Cibele chama para o almoço. Não tenho tido muito apetite. Procuro os Simpsons para me inspirar. Comemos juntos. Vem a vontade de tirar uma soneca daquelas. Estou criando o hábito da sesta sem culpa. Descanso a cabeça no travesseiro e me deixo embalar pela tevê ligada. Lugares desconhecidos, rostos amistosos, bem-estar. Acordo, lento, com a sensação do sonho bom que não se lembra. Só sensação... Espreguiço longo e passo para a cadeira. A tocaia me espera. Fernanda já voltou. Estirada no chão, estuda. Usa uma calça surrada de moletom e camiseta branca sem sutiã.

Fábio chega lá pelas quatro. O tempo nublado abafa o ar. Veste a sunga para um mergulho de fim de tarde. Antes, deu um selinho nela enquanto jogava a pasta no sofá. A mão na maçaneta, pergunta por hábito se Fernanda não quer vir. Já conhece a resposta negativa. O hábito, quando descuidado, mata a doçura de qualquer relação. Mal ele sai, ela vai para a varanda e o acompanha de cima. O olhar duro parece desejar que uma onda o lamba. Tem uma parte de nós que vê no desaparecimento o caminho mais cômodo para o fim.

O que se faz quando a paixão acaba, dos dois lados, e o amor não segura mais? Vai-se levando na esperança falsa de transformar a relação? É como os meus olhos sentem Fernanda e Fábio. Mas transformar em quê? Tenho de admirar aqueles que não temem sair para a solidão. Observar um casamento em que o sexo vira rotina e as brigas não valem a pena é como descobrir as infiltrações camufladas por uma parede bem pintada.

Certas pessoas não suportam ficar sozinhas. Eu? Às vezes, a obsessão platônica por Fernanda soa como protelar um encontro (inadiável) comigo mesmo. É mais fácil falar dos outros do que da gente.

Fábio voltou da praia por volta das sete. Jantaram. Ele foi assistir a um filme no vídeo. Ela ficou lendo. Fernanda adiou a ida para o quarto, tenho certeza, com a intenção de não transar. Quando deitou, Fábio ressonava.

Dou uma passada na casa de Virgínia. Os dois cheiram e logo me canso. Desço ao apartamento de Francis. Riso solto na madrugada. Ela e Cecília se divertem com alguma história provavelmente idiota. Quando a gente se sente bem com a outra pessoa, tudo faz gargalhar.

A vida tem uma forma curiosa de distribuir felicidade. Francis e Cecília convivem com o preconceito, a relação que não se assume fora de quatro paredes. No entanto, naquela sala, constroem um mundo de entrega sincera. Já Fernanda, Fábio e os yuppies têm o aval da sociedade para os carinhos públicos, mas dentro de casa são como estranhos. Hipocrisias do cotidiano.

Mas quem sou eu para questionar relacionamentos acomodados? Se não fosse o aparecimento do francês, eu e Gilda estaríamos (muito provavelmente) juntos até hoje. Talvez não tivesse notado nem Fernanda, talvez a recuperação fosse mais rápida... Talvez, talvez. Em nenhuma outra época, a vida pareceu tão incerta como agora. A insegurança tem seus paradoxos. Traz, ao mesmo tempo, o medo de nada mais acontecer da maneira planejada e a sensação de ser um homem menos super e mais humano. Estou naquele estágio em que as pálpebras não respondem ao comando de abrir do cérebro. O corpo já descansou, mas a mente resiste em adormecer. Melhor me entregar.

*

Júlia, irmã caçula até a minha chegada, acaba de sair. A visita que era para ser de uma hora varou a tarde. Anda trabalhando demais, as crianças (dois meninos) só querem saber de games, o cachorro teve leptospirose, não para empregada em casa, sabe como é... Digo que entendo, blá-blá-blá. Mas você está estranha, irmãzinha... Fala logo. Cê não veio aqui pra me consolar... E ela solta. Rápida, direta, curta. Me separei.

Quase caio da cadeira. Separou? É, o Marcos foi pra um apart-hotel mas fala diariamente com os meninos. E eu vou comprar a parte dele na casa. Mas vamos manter a sociedade no escritório (de advocacia), não tem sentido misturar os problemas pessoais com os profissionais. Já tem muito tempo? Pergunto. Umas duas semanas... Papai e mamãe já sabem? Souberam ontem. E disseram o quê? Ela me olha com espanto. Não estou entendendo, diz. Você reage como se separar fosse um bicho de sete cabeças, algo raro de acontecer. Estamos nos anos 90, quase fim do século, você quebrou a perna, não a cabeça! Revida, espantada. Não é isso, rebato. É que eu sempre achei que vocês se dessem tão bem, mesmas ideias, gostos. Nunca brigavam. E de repente vai um pra cada lado? Jamais ouvi você reclamar do Marcos, dizer que as coisas iam mal, que pensava em deixá-lo ou vice-versa. Acho surpreendente, só isso.

Ela então começa a falar coisas que passaram mudas por toda a vida. Aquela mulher na minha frente não é a Júlia que cresceu comigo. Percebo que, entre nós, sempre existiu liberdade, mas nunca intimidade. Não tínhamos vergonha do corpo nem das necessidades fisiológicas. A mente "moderna" de nossos pais nos criou sem as inibições que separam meninos e meninas. A nudez era natural. Cagar, urinar, peidar, vomitar. Essa falta de pudores (no bom sentido) deixou a falsa impressão de que éramos íntimos. Vejo que não. Minha irmã, que estou conhecendo agora, repassa os últimos quinze anos numa tarde. Diz que há um bom tempo vive um relacionamento aberto. Dormem juntos, mas não transam mais. Ela tem um amante que é dono de uma academia de ginástica. Se encontram duas tardes por semana. O Marcos sabe do caso (só ele e o analista dela). Ele está com uma publicitária, separada, sem filhos, que a própria Júlia apresentou. Os quatro convivem sem maiores problemas.

Boquiaberto, pergunto, então por que separar agora? Resposta mais óbvia impossível: as crianças. Os respectivos terapeutas acham que essa situação atípica (não sei se tão atípica assim) pode bagunçar a cabeça dos meninos. Cai os olhos no relógio. Quase seis horas! Levanta num pulo. Mas já? Com a conversa no meio?! Queria que ficasse mais... Júlia me dá um abraço longo e forte. Selamos o início de uma amizade em que ela ainda não me conheceu. Mesmo assim, estou feliz.

A gente nasce com a impressão de que amar mãe, pai e irmãos é tão natural quanto comer e dormir. Mas quantas pessoas têm, nas próprias famílias, seres que não lhes sejam estranhos? É no que penso agora que Júlia partiu. Mesmo sangue, mesma educação, mesma herança genética. No entanto, vivemos ligados apenas por um sobrenome. A família toda. Se a irmã certinha é assim, imagino os outros. Vivo o luto dos *Waltons*.

    Quem são meus pais? Será que ainda transam? Imagino uma mãe ninfomaníaca seduzindo os amigos dos próprios filhos... Lembram-se de quando falei do sucesso que ela fazia com os projetos de gente que viviam lá em casa? O Édipo mal resolvido martela minha cabeça. E papai, com sua obsessão por pés? Desenvolveu até uma teoria para justificar o fetiche. A perfeição estética da base garante o equilíbrio do corpo. Jamais consegui perceber a real ligação desta filosofia paterna com a tara. Passo a imaginá-lo engatinhando sob uma mesa lotada de mulheres reunidas para um chá de caridade. Todas de sandália.

    Todo ser humano tem um quê de perverso... pelo menos isso me serve como justificativa para elucubrar pensamentos pecaminosos sobre a família. No estado de inércia em que me encontro, faz bem enveredar a mente por caminhos proibidos pela moral cristã. Embora não tenha tido educação religiosa severa — cheguei a fazer primeira comunhão, mas jamais comunguei depois daquele dia —, carrego a culpa católica de maldizer pai e mãe. Mas o homem é racional porque pensa e não pelo que pensa. Hein? Deixo as divagações de lado para voltar ao concreto que define minha paisagem.

    Entre a carta de Gilda e a visita de Júlia, passaram-se alguns dias. Neles, continuei observando os casais do prédio em frente. Descubro que Francis conhece Fernanda e Fábio. Não duvido de que o apartamento dela tenha sido reformado por ele. A médica aparece para uma visita de médico. Dez minutinhos para dizer oi e perguntar da viagem. Toma um uísque com a gente. Não dá, tô superatrasada! Cecília deve estar me matando na porta do cinema. Cês não querem ir? *A liberdade é azul*. Tá reprisando numa mostra cult, mas eu vou mesmo por causa da Binoche. Fernanda ri. Amei esse filme, mas não fico a fim de ver de novo agora.

Entendo (e mudando de assunto), então vamos jantar no japa no fim de semana? Os dois balançam a cabeça afirmativamente e Francis sai em seguida.

    O silêncio envolve a casa e cada um vai para o seu lado. Se Francis tivesse aceitado o uísque, os três estariam bebendo e conversando solto. Mas ela se foi. Já passou a época em que só os dois bastariam para o drinque. A paixão adormecida (ou já acabada) faz com que se coloquem, cada um, em primeiro lugar. Assim, Fábio prefere terminar logo os desenhos das plantas, e Fernanda, as leituras atrasadas. É como se já tivessem incorporado a não disponibilidade do outro. Fiz tanto isso na vida... E tanta gente faz. Sinto vontade de abandonar o voyeurismo para entrar nesta história. Será possível empurrar meu destino para junto de Fernanda?

*

O tempo dentro das paredes do meu quarto obedece ao relógio biológico. No começo, acompanhava os vizinhos nas refeições e nos horários de dormir. Hoje, sigo as ordens do corpo. O alarme soa no estômago, eu como. A cabeça pesa, durmo. Tem dias que faço seis refeições, outros que faço duas. Tem vezes que passo o dia dormindo, outras varo a noite em claro. O espaço de vinte e quatro horas se torna significante sem significado. Dois meses e pouco é o que marca o calendário do papel. Peça decorativa nesta altura do campeonato em que os ponteiros do cérebro não mais acompanham o sol.

    Assim, muitas vezes tenho a sensação do futuro velho. O que está acontecendo já aconteceu. Acho que é normal quando observamos a rotina dos outros. Da mesma forma, sou capaz de adivinhar ações e reações. Outro dia, a faxineira de Francis quebrou uma jarrinha. Passou Araldite para tentar protelar. De antemão, já sabia que a médica ia perceber e dar um chilique. Dito e feito. Mas, se fosse com

Fernanda, o pequeno objeto descansaria mal remendado — apesar de o estrago ser reconhecido — no canto da sala. Uns diriam que Fernanda é mais humana. Eu não.

Não é por bondade que ela fingiria não ver. É por comodismo. Incrível a capacidade que tem de deixar tudo como está. Virar o remendo para a parede não faz com que ele desapareça. A jarrinha — o casamento.

Francis briga com uma Cleo de cabeça baixa e joga fora a peça de valor sentimental. Faria o mesmo com Cecília se a relação quebrasse como a jarrinha. A médica não tem medo de sofrer, muito menos de machucar.

Construo a mulher ideal com pedaços de três que vivem sob os meus olhos. Fernanda é a base. Tomo emprestado o olhar sem tampão de Francis, que vê a jarra quebrada da mesma forma que o fim do amor. De Virgínia, pego a segurança sem ansiedade de profissional realizada. Súbito lembro do dr. Frankenstein, que criou o monstro em vez do homem. Já imaginou se Fernanda ganha o mau humor de Francis e uma dose extra de comodismo de Virgínia? Melhor deixá-la como está.

É a tal impressão de futuro velho que me faz ter essas ideias. Fico vendo a vida de Fernanda passando e passando e passando. Ela, de costas. Por que não dá um basta? Me vem Júlia à cabeça. Marcos só saiu de casa por causa dos meninos. Pelo casal, continuariam juntos. Que inversão de valores. Antigamente as crianças adiavam a separação. O que minha irmã disse e conto agora é que não tinham mais necessidade física do corpo (o que eliminava o ciúme da carne), no entanto, já estavam tão habituados um com o outro que seria difícil encontrar cumplicidade igual. Na verdade, nenhum dos dois quer começar de novo. E, dentro do possível, respeitam-se.

Acho que Virgínia e o yuppie (mesmo sem filhos) vivem o mesmo dilema. Agora, Fernanda... Sei que ela quer mais da vida do que um casulo. Mas seus olhos são de quem espera, não de quem busca. Quem espera nem sempre alcança algo mais do que angústia.

Quando vi Fernanda pela primeira vez, ela estava só. E daquela solidão emanava uma paz que me fez sentir coisas jamais imaginadas. Nunca acreditei que uma pessoa pudesse exercer fascínio sobre outra sem a permissão desta outra. Besteira. Inexplicável a atração que sentia pela desconhecida. Até que Fábio apareceu. E o dia a dia sem rotina ganhou sabor de tristeza. O que iluminava Fernanda, tornando-a tão especial, era a satisfação que parecia tirar da vida consigo mesma. Percebo isso agora. Eu queria sentir, como ela, prazer na minha própria companhia. Hoje, invertemos os papéis.

Sou um estranho para os dois. Eles, estranhos entre si. Fora aquele jantar na chegada, difícil flagrá-los juntos, se compartilhando. Parece que criaram, de propósito, ritmos de vida que não se encaixam. Uma forma de continuarem juntos, separados.

Fábio acorda às seis e meia, pega o pranchão e fica na praia até as nove. É como se o mar fosse sua bateria. Depois vai para o trabalho e volta lá pelas sete. Às onze já está dormindo. Fernanda vive em outro fuso. É preciso que o sol baixe para que ela se concentre. Assim, tem na madrugada a hora preferida para os mergulhos na mente. A manhã, dedica ao sono.

Nenhum dos dois aparentemente reclama. Transam uma vez e outra. Sem alarido. O que vejo está mais para pacto de envelhecimento do que para união por livre e espontânea vontade. Parecem dois sacos de farinha furados pensando se devem ou não costurar o rombo. A diferença é que desses sacos escorre o tempo.

*

O mundo real fez contato no meio da tarde para me lembrar que tenho identidade, CPF, carteira de trabalho e passaporte. Meu diretor. Desculpa-se por não ter me visitado ainda. O eterno agenda cheia. Liga para contar que aquele meu programa do ano passado (fala o nome trocado) foi premiado no exterior. Não lembra o nome do país (algum asiático), nem o nome do festival. Irrelevante, diz, o que importa é que ganhamos!

A boa-nova vem com farpas. Como estou de licença, mandaram Bianca para a cerimônia (aliás, embarcou ontem). E como vem surpreendendo, exclama. Tem recebido elogios de cima. Seguro a boca e jogo a resposta: que bom para ela, Bianca é tão esforçada... Só espero que ainda se lembrem de mim. E encerro com uma gargalhada contida e teatral. Ele (não sei qual de nós dois é mais cínico) rebate de imediato. Imagina, seu lugar ninguém tira... A moça é competente, mas, cê sabe, mulher bonita na chefia... e explicita as reticências perguntando se eu já comi aquela gata porque, ele soube, ela é uma "rocha pra dar". Nesse momento, embora considere Bianca uma cascavel venenosa, sinto vontade de enfiar a mão na cara desse idiota a quem respondo hierarquicamente.

Como é que um sujeito que chama a própria mulher de "dona patroa" pode chegar aonde ele chegou? Às vezes penso que é preciso um gene de mediocridade para galgar altos cargos. O pior é que, se penso isto dele, o que será que pensam os que estão abaixo de mim? A própria Bianca deve me achar um puxa-saco deslumbrado ou, no outro extremo, um inescrupuloso que pisa em tudo e todos para subir. O fato é que o poder é um afrodisíaco perigoso. Quem está embaixo quer subir. Quem está em cima não desce. Só caindo. Não existe essa coisa de deixar o poder. Ou ele é tomado, ou perdido. Nunca entregue ou devolvido.

Pode ser que, quando sair desta cadeira, deixe de lado todos os questionamentos que infestam minha cabeça e volte à personalidade narcisista e orgulhosa. Quem sabe não me alio a Bianca para derrubarmos o Mr. Bean da direção? Eu subiria e ela viria para meu lugar definitivamente. Os dois no lucro. Eu esqueceria, então, esta besteirada de binóculo, paixão platônica, amor à primeira vista e voltaria a ser o homem prático e seguro que sempre fui. Começaria a namorar Bianca e, com o aumento de salário do novo cargo, trocaria de carro. No primeiro mês, transaríamos enlouquecidos, de manhã, de noite, de tarde. Encontros furtivos nos corredores, elevadores, estacionamentos. Seria um relacionamento secreto porque, no trabalho, a privacidade da vida amorosa é o primeiro passo para se afastar das fofocas. Então, depois de seis meses, resolveríamos morar juntos e, dentro de um ano, estaríamos vivendo cada um a sua vida, sob o mesmo teto. Como Fábio e Fernanda.

No entanto, a simples ideia de mandar tudo pro inferno e pular no desconhecido me faz sentir dono do meu corpo e do meu ser. Aqueles discursos das aulas de sociologia da faculdade, sobre servidão voluntária e prazer dionisíaco, piscam como flash. Se fosse um filme, pegaria Fernanda agora e fugiríamos para as ilhas Maldivas, no meio do Índico, sem uma ponta de continente para lembrar a terra. Ou uma praia qualquer no litoral baiano. Happy end ao entardecer. Eu já sem o gesso, com as pernas (de um dublê) musculosas e abdômen malhado. Fernanda grávida. Ao fundo, nossa pousadinha ganha-pão, com chalés sobre o mar. Só de imaginar o negativo sem riscos, a foto perfeita, me viro na cama. Ataca a insônia. Apago o filme. Sou muito urbano, alérgico a excesso de natureza e escassez de concreto. Pego o binóculo. Melhor procurar final feliz no meio do caos... Na casa de Fernanda, tudo escuro. Cortinas fechadas. A lua prata me distrai e as lentes viram caçadoras de estrelas.

*

Não há encontro mais prazeroso do que o do tempo disponível com o sujeito apaixonado.

Só consegui fechar os olhos lá pelas cinco da manhã. Pior, na cadeira. Cibele chegou às nove e me removeu para a cama. Acordei às onze com a sensação de ter dormido dentro de uma frasqueira.

O pescoço doía horrores, consequência daquele sono sentado, que gruda o queixo no peito. A enfermeira, com toda a razão, me deu uma bronca daquelas. Essa mania de vigiar a vida dos outros está virando vício. Só dificulta a recuperação. Hoje o cavalheiro não se aproxima da janela!

Dito e feito. Levou a cadeira para a sala, não me deixando outra opção senão a cama. A princípio me revoltei. Quem Cibele pensa que é? Ela é paga para me servir! Intimidade demais dá nisso, grito irritado. Esboça um sorriso e diz: me demita, então... estou apenas fazendo o meu trabalho. Cuido do seu bem-estar. Tá bom, respondo. Hoje eu fico de repouso, mas amanhã... já sabe. Não valia a pena discutir, pois, quando ela fosse embora no fim da tarde, não restaria mesmo alternativa senão deixar a cadeira ao meu alcance.

Portanto, dedico este dia ao sono acordado, à satisfação de imaginar o primeiro encontro com Fernanda. Escolho um supermercado 24 horas. Mas não no horário cult da madrugada. Será no meio da tarde, entre donas de casa, velhinhas, motoristas. Eu com um carrinho, Fernanda sem nada. Veio comprar apenas azeite. Subitamente lembra que os guardanapos acabaram. Pega dois pacotes. Então vê um biscoito recém-lançado (ela, como eu, tem uma queda para o trash gastronômico), leva para experimentar. A consciência pesa com a imagem da balança. Passa pelas ameixas. Estão apetitosas. Escolhe seis e põe num saco. E assim seus braços vão se enchendo e ainda não chegou ao azeite. Não há cestinha disponível por perto. Não há mais mãos para pegar a embalagem.

Entro em cena com meu carrinho semivazio. Quer ajuda? Pergunto. Vira o rosto e solta um suspiro longo acompanhado de um sorriso largo. É a melhor coisa que eu poderia ouvir neste momento, responde enquanto descarrega os braços no carrinho e pega, finalmente, a garrafa de azeite. Rimos ao mesmo tempo e, silenciosos, seguimos para o caixa. Descobrimos logo que temos alguma cumplicidade, pois nem eu nem ela ficamos constrangidos com o silêncio que nos acompanha. A cumplicidade se confirma quando retiramos as compras. O carrinho carrega tudo em dobro. Que coincidência. Pegamos as mesmíssimas coisas. Mais risos. Insert da empacotadora que me olha com cara de quem sabe que aí tem.

Esperta, esta empacotadora... Voltemos um pouco no tempo. Lembrem-se de que já conheço Fernanda e sei de seu hábito de passear no supermercado. Sigo-a numa dessas empreitadas. Entro atrás dela, sem que me veja. Pego o carrinho e vou enchendo com as mesmas escolhas. Pronto, está plantada a coincidência.

Continuando do caixa. Pegamos nossas sacolas, ainda rindo. Rá, rá, rá. Agora é o momento decisivo. Você mora por aqui? Pergunto cínico. Pertinho, a duas ruas ... Não acredito! O cínico exclama incrédulo. Que altura? Número tal, ela responde rapidamente. Deixa que eu levo suas sacolas, digo já pegando nelas, somos quase vizinhos, moro no prédio em frente. Ela balança a cabeça (imaginem a cena em câmera lenta) e as covinhas aparecem. Mais uma coincidência! Solta. Estamos, por acaso, num filme? E assim vamos os dois caminhando, conversando, brincando, descobrindo afinidades. O quarteirão que falta para chegar em nossos prédios se torna interminável. Prolongamos ao máximo o momento. Até que a portaria dela surge na cena. Aponto para o outro lado e mostro meu edifício. Ficamos os dois em silêncio, olhando para baixo. Então tá. Legal ter te conhecido, ela fala. Nos encaramos. A iniciativa parte dela. Me dá seu telefone, a gente pode combinar de fazer compras na mesma hora. Ou tomar um vinho, emendo, já segurando a caneta. Ela estende a mão para que eu anote. E se apagar? Pergunto. Ela dá uma piscada de olho e sussurra, já atravessando o portão: tenho ótima memória! Portão fecha. Fim do primeiro encontro.

Como é bom ter a imaginação de companhia. A mente é o único lugar onde as coisas acontecem como a gente quer. Cibele chega, meio culpada, com um lanche. Surpreende-se com minha alegria. Peço um abraço. Estou incrivelmente feliz! Ela não entende nada.

Mesmo assim, me enlaça com seus braços de almofada. Digo que, se não fosse tão autoritária, me casaria com ela. A língua afiada responde para eu deixar o dom-juanismo de lado porque hoje, pelo menos enquanto ela estiver aqui, não arredo a bunda da cama. Mas eu não quero a cadeira, Cibele. Foi uma manifestação de carinho gratuito por você! Nem tudo na vida tem que ter troca. Neste momento, tenho mais felicidade do que preciso. Divido-a com você. Minhas palavras foram fatais para o coração da tenente-coronel. Duas lágrimas rolaram pelas bochechas avermelhadas. Confesso que também me emocionei. Cibele me deixou com o lanche. Comi pensando que todo romântico é cafona.

Depois que a enfermeira se foi, voltei ao posto de sentinela. E não precisa ser muito esperto para adivinhar o que eu vi: Fernanda entrando em casa com duas sacolas de supermercado. Torço para que ela as abra na sala. Já imaginou se saem as ameixas e o biscoito?

Existia um jogo que eu adorava fazer quando pequeno. Era assim. Voltava a pé do colégio pensando se tinha feito boa prova. De repente ouvia o motor de um carro. Aí começava a disputa. Se eu chegasse na esquina antes do carro, teria ido bem na prova, caso contrário... e saía correndo desembestado. Outras vezes, entrava no elevador e, se no caminho para o térreo ele parasse em algum andar, logo armava uma aposta: se entrar uma pessoa vai acontecer isto, se entrar mais de uma, aquilo. Era um jogo de desafiar o destino. Uma espécie de disputa com o futuro. Valia para as mais absurdas situações. Tem muita gente que faz isso com cartas. Eu escolhia o cotidiano.

Me vejo com oito anos. Se Fernanda levar as sacolas para a cozinha (o mais óbvio), nos esbarraremos em breve. Se as abrir na sala... tudo continua como está. Diabo, por que não as leva logo para dentro? Não está dando certo. Fico com ódio da brincadeira. Como é que eu, com quase trinta anos, me sujeito (e me perturbo!) diante de uma besteira dessas? O certo é que as sacolas descansam, intactas, sobre a mesa... e Fernanda é que desapareceu. Uma dor de barriga súbita? Resta esperar. Eis que surge o contratempo.

Fábio chega. Vê as compras. Dirige-se a elas. Começa a tirar... e agora? Como é que fica o jogo? Perdi ou ganhei? Afinal foi ele, e não ela, quem abriu as sacolas. Subitamente esqueço tudo. A divagação era coisa da imaginação, mas o que vejo pelas lentes é bem real. Saem as ameixas, o biscoito, os guardanapos, o azeite... É isso que chamo de realismo fantástico — incrível, maravilhoso.

BUM. Estava tão absorto que não ouvi a batida. Foi a corrida de Fábio, primeiro para a varanda, depois para a porta, que me antenou. Fernanda surge na sala vazia. Baixo o binóculo. Ele sai pela portaria e socorre a mulher do carro. Nada grave. Ela está mais histérica do que ferida. Um leve corte acima da sobrancelha esquerda. O carro que vinha atrás não viu a seta, entrou no porta-malas. Fábio assume o comando. Anota a placa do automóvel, estanca o sangue com um lenço, afasta os curiosos. Foi nesse exato instante que me veio uma ideia brilhante. E percebi que, de certa forma, eu havia vencido o jogo. A propósito, a acidentada era Virgínia, a quarentona yuppie.

*

A ideia brilhante era tão simples como qualquer ideia brilhante. Fazer com que Fábio e Virgínia se apaixonassem. Assim, resolveria o problema dos dois casais conformados e abriria o caminho para Fernanda e eu. A dificuldade estava, é óbvio, em como executar tal tarefa.

Pela primeira vez, nestes três meses de reclusão, encontro uma maneira concreta de ocupar a mente. Alguém, por acaso, falou em culpa? Descarte a possibilidade. Pela minha cabeça não passa a menor sensação de vilania. Eu sou o mocinho da história. A cupidagem a que me proponho surge como o estopim para uma situação há muito remediada.

Fernanda e Fábio já se acostumaram ao companheirismo de um relacionamento de três ou quatro anos, em que as famílias se conhecem e se aprovam. Virgínia e o marido preferem não mexer em um formigueiro de quinze ou mais anos. Deixam o casamento adormecido num canto. Cutucar envolve partilhas, despesas et cetera. Mesmo que não tenham filhos. Eu, do outro lado da rua, sinto que não foi à toa que o destino nos pôs frente a frente.

Todas estas suposições passeiam pela minha cabeça enquanto Francis chega ao prédio e presta o segundo socorro ao supercílio cortado. Não é preciso dar ponto. Apenas merthiolate e band-aid. Fábio se propõe a uma corrida à farmácia. Virgínia agradece, comovida. Tem os medicamentos em casa. Criou-se a aura. Não há mulher que resista à atenção sincera masculina. Ele, mais cavalheiro do que nunca, leva o carro dela para a garagem enquanto Francis carrega a vizinha, em semiestado de choque, para o curativo. Rua vazia. Conto até duzentos. Virgínia e Francis entram no apartamento da yuppie. Limpa machucado. Fecha machucado. Fábio toca a campainha. Francis se despede e os dois ficam a sós. Ele entrega as chaves e sai em seguida. Provavelmente falou que não valeria a pena acionar o seguro. Pouca avaria. Também alerta Virgínia que cinto de segurança não é só para usar na estrada. Ela descontrai o maxilar num sorriso aliviado. Tensão desfeita. Depois que ele parte, deixa a roupa sozinha na sala e vai para o banho.

Nesse tempo todo, Fernanda ficou em casa, sem a menor vontade de descer. Levou as compras para a cozinha. A pasta de Fábio para o quarto. Pegou um livro. *O casamento*, de Nelson Rodrigues. Aprendi a adorar Nelson pelos olhos de Fernanda. A gente ama ou odeia, não tem meio-termo. Escritor obsessivo só pode ter leitor obsessivo. Mas e esse título? Será um sinal? Eu penso em destruir dois casamentos...

De repente, vem o insight de que a solidão não tem de ser necessariamente conturbada ou profunda. Ao invés de mergulhar na típica introspecção do eremita, na busca do eu interior, me encontro, agora, na mais folhetinesca das tramas. Confesso que sinto uma coceira nos neurônios só de pensar nas peripécias possíveis para desencadear o final feliz (para mim) que imagino para esta história.

Recapitulo a situação. Fábio e Virgínia moram no mesmo prédio e se esbarram, de vez em quando, no elevador, portaria, garagem, reunião de condomínio. Os dois são charmosos, felizes profissionalmente, mas sentem que falta algo mais. Um ponto em comum é que ambos são arquitetos. Só que ela trabalha como designer de móveis. Tenho certeza, no entanto, de que vibraria de verdade analisando as plantas dele. Um ponto que pesa contra Fábio é que ele é total saúde, fora das drogas. No máximo um baseadinho, no meio das férias em Mauá. É do tipo que acorda cedo, num sábado ensolarado, e vai com o pranchão para a praia. Não é surfista fanático, apenas amante do mar. Deixo essa questão para ele e Virgínia. Que se entendam depois. Além do mais, Virgínia está precisando de uma desintoxicação para não virar maracujá. Uma mulher sensual, na crise dos quarenta, entediada como ela anda, nada mal trocar o pó pelas trepadas. Pelo que tenho observado, o yuppie anda numa fase brocha interminável.

A batida foi providencial para torná-los íntimos de uma forma que só as situações delicadas conseguem (assim como eu e Cibele, que me ajuda a tomar banho sem nunca termos tomado um chope). O acidente estúpido (nem se percebe o amassado no carro) serviu para mostrar uma Virgínia tão fragilizada pelo cotidiano que a quebra da rotina transformou o leve abalo em terremoto. Foi neste cenário que o Fábio super-homem surgiu. Agora, os dois só precisam de um empurrãozinho que as minhas mãos livres estão dispostas a dar. Devo parecer um maníaco, lunático. Mas, acreditem, não há nada mais normal do que o premeditado, mesmo quando ele soa ridículo. Será que a gente faz outra coisa na vida além de criar situações para que nosso destino ande mais confortavelmente no caminho do futuro?

Neste momento, é preciso pensar simples. Ela teve um ferimento leve, ele socorreu. Virgínia foi para casa com a sensação de segurança. O marido, que nunca está quando ela precisa, chega quando ela já dorme. Por outro lado, Fábio se vira na cama inquieto enquanto Fernanda perambula pela sala. No dia seguinte, bem, nada melhor do que ele mandar umas flores com um cartão atencioso, algo tipo está mais calma?, sem ser íntimo. Já que ele não toma a iniciativa, tomo eu.

Adoro dar flores. Não aquela coisa de dúzia de rosas. Se vou pessoalmente, levo um buquê de flores do campo, ou uma orquídea. Se mando, é de uma floricultura aqui do Leblon, que tem uns vasinhos de cerâmica, em formato circular achatado, parecem japoneses, com uns arranjos bem discretos. Tiro e queda. As mulheres amam receber flores. Aprendi com minha mãe.

Pego o telefone. O máximo que vai acontecer é criar um mal-entendido. Dane-se. O Jeff não meteu o nariz num assassinato e a Lisa não invadiu o apartamento do crime? Então o que vou fazer é pinto perto dos dois. Disco.

Alô? Maurício? Quanto tempo! É, tô de molho. Escuta, quebra um galho pra mim. Preciso que você mande entregar ainda hoje umas flores, mas tem que ser entre seis e sete da noite. Deixo na sua mão. Escolhe algo bem delicado, tons claros. O endereço é tal. Bota aí no cartão: "Até os acidentes têm seu lado bom." Esquece. Manda sem cartão. E se perguntarem quem mandou, diz que não sabe. Confirme até a morte... não sabe! É um favor para um amigo meu. Depois a gente acerta, com caixinha dobrada. Grande abraço. E desligo.

Resta esperar. Se ela tiver o mínimo de sensibilidade, vai olhá-lo de forma diferente. E ele, que não sabe das flores, vai notar os olhares. E quando, mais tarde, estiverem juntos, pode ser que ela venha a falar do presente... mas aí não importa mais. E rirão do "erro" da floricultura que foi, para eles, um acerto do acaso. Eu, de minha parte, jamais comentarei com Fernanda. Minto, direi a verdade toda, mas só quando ela estiver apaixonada o suficiente para perdoar as saudáveis contravenções do amor.

São onze da manhã. Tenho de encontrar ocupação até seis da tarde. Fernanda estuda. Lê, concentrada. Depois, senta ao computador. Parece que hoje o dia dela rende. Ligo para minha mãe e imploro uma visita alegando a mais pecaminosa das razões que um filho doente pode usar: abandono. Ela vem. Para nossos pais, jamais crescemos. Acho que é essa hierarquia que mantém a família. E quando nos tornamos maiores que nossos pais, é porque eles deixaram de ser alicerces seguros. E a família cai.

Chega a matriarca para apressar a tarde. Mamãe fala pelos cotovelos. Só a interrompo quando pergunto as horas. Vou te dar um relógio no natal! Por acaso você tem algum compromisso? Não me diga que é a novela... Fico rindo da minha velha que ainda, com certeza, arranca suspiros na rua. É bonito ver pessoas que envelhecem sem medo. O tempo é bondoso com elas.

Quando os ponteiros marcam cinco e meia, caio a cabeça no travesseiro. É o sinal para mamãe sair. Nem percebe que é fingimento. E, se notasse, não faria a menor diferença. Pé ante pé, vai se aproximando da porta. Antes, me dá um beijo de leve na testa, como nos velhos tempos dos *Waltons*. Esboço um sorriso de criança que sonha. Sei que vai lhe agradar essa imagem do passado. Sinto que me olha alguns segundos antes de girar a maçaneta e me deixar só. Aperto os olhos antes de abri-los. Precaução. Ela se foi. Agora, a ginástica de passar para a cadeira. Em tempo, já estou sem gesso faz uns três dias, mas dói muito dobrar a perna. Ainda não posso firmar o pé no chão e Cibele não tem perdoado na fisioterapia.

Devidamente instalado às quinze para as seis. Pego o binóculo. Primeiro namorar um pouquinho. Fernanda acaba de sair do banho. É uma pena que tenha tantos pudores. Fica o dia inteiro de cortinas abertas, mas nessa hora... jamais esquece de fechá-las. Dois andares acima, acompanho os últimos movimentos de Cleo, na casa de Francis. Curioso. Cecília não tem aparecido. Deve estar viajando. É incrível como hoje em dia as viagens de cada um são mais frequentes que as do casal. Sempre o trabalho. No fim de semana, estamos mortos, querendo passar o dia na cama, dormindo (alguém aí nega a existência da servidão voluntária?).

Chego ao apartamento de Virgínia junto com ela. Seis horas. Dentro do horário. Agora é vigiar a portaria. O menino com o arranjo acaba de entrar no prédio e logo atrás dele... ai... Fábio! Não sei onde vai dar tudo isso, mas começo a me divertir. Nesse instante, os dois devem estar olhando para os pés. Aquele constrangimento do elevador compartilhado com estranhos. Pior ainda quando é com um só.

Fábio abre a porta de casa. Virgínia espera o toque da campainha com estranhamento. Foi avisada pelo interfone. Olho mágico. Fernanda surge de roupão e cabelos molhados, abraça Fábio. Virgínia pega as flores, procura um cartão, coloca o vaso na mesa. É da reação seguinte que depende o futuro que proponho criar. Ela morde os lábios. Pousa o indicador no queixo. Caminha devagar, em círculos, pela sala. Para de frente para o arranjo e toca-o com a ponta dos dedos. Vai para a varanda. Reveza o olhar entre as flores e o nada. E sorri. Finalmente sorri. Melhor, abre um sorriso, daqueles que dá vontade de guardar. De cá, dou um berro. Deu certo! Fernanda e Fábio se preparam para sair. Não sinto o menor ciúme. Esqueço do antibiótico e abro uma latinha de cerveja para comemorar.

*

Acordei de ressaca, sonorizada com uma tremenda bronca. Depois de três meses sem beber, três latinhas se transformam num barril. Cibele me fez sentir um moleque matando aula. A cabeça pesada pós-álcool balança os pensamentos. Acho que estou meio louco, precisando ver rua, mar, gente. Não acredito que tenha mandado aquelas flores. Uma pessoa em seu juízo normal não tem esse tipo de atitude. O eu racional acordou mais cedo que o emocional. Será que não sonhei tudo isso? Alguns segundos e alcanço a janela. Foco. O vasinho está lá, bem vivo. É real.

Que faço agora? Meu gesto se situa entre o cavalheiro e o conquistador barato. Virgínia gostou. E daí? O ato não aproxima Fábio dela de forma alguma. Fico pensando se o amor sem caráter vinga.

Fernanda vai andar na praia. Será que passa pela cabeça dela alguma fantasia que possa se realizar em mim? É pessoa que nasceu para ser amada. Eu nasci para amar. Por isso busco. Fernanda espera. São esses opostos que nos aproximam. Eu é que tenho de ir atrás dela assim como é Fábio que tem de deixá-la. Chamo Cibele.

Vamos dar uma volta! Dr. Rubens aconselhou um pouco de sol, não foi? Aguenta me levar? Ela vibra. Estava relutante em sair porque a cadeira de rodas constrange. Sem o gesso, perna mais fina, passo por paralítico e, embora as pessoas disfarcem, os olhos traem. Existe um misto de morbidez e dó que ronda o ser humano marcado pela degradação do corpo. A careca do câncer, paralisias, defeitos físicos e até a obesidade mórbida.

Cibele empurra a cadeira e os olhares ferem a nuca. A pena impede que se encare o diferente, mas a morbidez vira o pescoço assim que ele passa. Peço que me leve de volta. Vem o pânico repentino de jamais voltar a andar. Sei que é absurdo, até porque já ensaio passos com auxílio das muletas. As coisas estão se modificando e não consigo mais, como antes, escolher o que pensar.

Dou graças a deus por não encontrar Fernanda, objetivo da minha saída. Não suportaria o olhar atravessado dela. Cibele puxa papo, me fala de seus outros pacientes. Um senhor com Alzheimer. Uma menina paraplégica por causa de uma queda de cavalo. Outra, de nascença. A conversa não veio à toa. Minha grande amiga percebe a humilhação que sinto e, com aquele jeito nada piegas que só o contato diário com o sofrimento cria, mostra que minha situação não é nada perto das que me narra. Ego ferido. Fico pequenininho perto da vergonha.

Entro em casa revigorado. A desgraça alheia afasta a autopiedade. Três recados na secretária eletrônica. O primeiro é da minha irmã, de São Paulo. Vai para Nova Iorque e quer saber se preciso de algo. Pergunta por hábito. A resposta, ela já sabe. É claro que não. Só quero que você aproveite por mim! Existe uma norma na nossa família, jamais explícita, mas por todos respeitada. Encomendas, só de remédios, em casos extremos. E temos vivido bem, dentro dessa premissa, há muitas viagens. O segundo recado é do Alfredo, blá-blá-blá. O terceiro eu escuto com atenção. Maurício, da floricultura. Disco correndo, em seguida.

Alô? Sou eu. Ligou pra saber quem foi? Cê não disse nada, né? Valeu, brother. Escuta, faz o seguinte. Manda outra hoje. Manda todos os dias até o final da semana. Sem cartão, sem nada. Se ela voltar a perguntar, desconversa. O quê? Tenho cara de psicopata?! Porra, Maurício! Cê me conhece. Não se preocupa, tá limpo! Manda alguém aqui pra pegar o cheque. Tchau.

Às vezes faz bem seguir os impulsos. E o que parece uma viagem absurda vai ganhando forma. O objetivo é fazer com que Virgínia dê o primeiro passo, sem perceber que a iniciativa é dela. Deve procurar Fábio, mas sem citar as flores. Tem de surpreendê-lo de tal forma que o inesperado o encante.

Quinta-feira. O menino bate no mesmo horário. Virgínia pega o arranjo, misto de ansiedade e curiosidade. Quem disse que cupido não existe? Estou fazendo ela se apaixonar... As mudanças já são aparentes. O marido chega e a mulher está em Marte. Os dedos estalam próximos ao ouvido forçando a volta para a Terra. Ele sente algo estranho no ar. Perda, talvez. Os dois sabem que estão por um fio. É isso que os torna momentaneamente ternos. Envolve-a num abraço mais fraterno que sensual. Hoje, o pó ficará de lado e farão o amor dos que se deixam.

Desço alguns andares. Fernanda desembaraça os cabelos na varanda. Fábio se aproxima, carinhoso. De costas para ele, ela repousa a cabeça no peito nu. Não falam. Sinto um profundo ciúme dessa cumplicidade que compartilha até o silêncio.

Ver os dois juntos me faz sentir culpa. Posso estar criando um tremendo mal-entendido. E depois, quem me garante que a separação vai aproximar Fernanda de mim? A perna quebrada, a dependência decorrente, acordaram um lado inseguro que jamais imaginei possuir. Não há coisa pior no mundo do que dormir se achando o máximo e acordar se percebendo o maior dos babacas.

Outro dia, dr. Rubens jogou de leve o papo da terapia. Ele acha que estou somatizando, que a demora na recuperação está na cabeça. Manda me internar se desconfiar do que ando fazendo. Não tenho nada contra a psicanálise, mas, pela primeira vez, estou convivendo comigo, sozinho. Não quero me dividir com ninguém, muito menos ouvir pareceres sobre os meus delírios. Me amedronta a exposição ao ridículo. Isso é o que me faz pensar duas vezes se continuo ou não o jogo do cupido. Vamos ver... Se Cecília estiver na casa de Francis, continuo. Se não, paro por aqui. Posiciono o binóculo. Tchan, tchan, tchan, tchan... Está! Não recolho as flechas.

É claro que trapaceei. Já tinha visto Francis chegar com uma garrafa de vinho e cara de quem quer abraçar, beijar. Entrou na garagem logo depois de Virgínia. Devem ter subido juntas no elevador. Provavelmente falaram sobre o corte no supercílio, o aumento do condomínio, a pintura nova do prédio. O menino da floricultura chegou cinco minutos depois. Quase sobe com elas.

Miro no apartamento de Francis. Senti saudades de Cecília. Bom vê-la depois de dias sumida. Tenho certeza de que Francis aprovaria minha cupidagem. Somos parecidos. Ela também iria atrás de quem ama. Estão jantando e eu não me canso de olhá-las. Depois da comida, uns minutos no sofá, se encaram em silêncio e... quarto. Como é que se mantém a paixão? Talvez porque não morem sob o mesmo teto, ou porque estejam juntas há poucos meses, ou será porque nem toda relação precisa se alimentar de novidades e possa simplesmente acontecer e continuar acontecendo? Uma cortina aberta, só esta noite, peço para a estrela que brilha solitária. Mas meu pedido deve ser o último da fila, pois a persiana baixa rapidinho. Deixo-as em paz e ligo a tevê.

*

E foram dias e dias de flores. Seguidos, intercalados. Vasos, buquês. Virou, para mim, uma rotina. Esperar o menino. Acompanhar Virgínia até a porta. Receber as flores, colocá-las na mesa de canto. O yuppie nem percebia. E daí nascia minha cumplicidade com Virgínia. Dentro da fantasia, muitas vezes esqueci que era eu quem mandava as flores. Sentia-me um voyeur acompanhando a paixão a espalhar-se. Virgínia mudou, cortou o cabelo, entrou para a academia, parou de cheirar. Trocou as viradas de sexta pela cama solitária. Qualquer desculpa a levava para o quarto. Naquelas noites, o yuppie tinha companhia melhor.

Estava tão encantado com minha brincadeira de deus que cheguei a esquecer o motivo de tudo aquilo. Fernanda. Só Virgínia me interessava. E, deixando minha musa de lado, deixava também o meu rival. Fábio virou coadjuvante e esse foi meu erro. Para que meu plano desse certo, ele tinha de ser o protagonista. Afinal, era por ele que eu mandava as flores. Na fantasia, a gente se preocupa tanto com os detalhes que se esquece que ela não é real. Da minha janela, via os arranjos chegarem. Via Virgínia recebê-los. Via Virgínia florescer. Virgínia mudar. Virgínia amar. Mas o mundo dela era bem maior que o captado pelas lentes do voyeur prepotente.

    E foram essas lentes que me fizeram ver o que o tempo todo estava bem à minha frente. Lembram quando descobri o prédio? Era o mais bem posicionado, e foi o último a ser percebido. Nos contorcionismos na cadeira de rodas, procurava sempre o mais difícil... quando o óbvio, o mais confortável, estava ali, de frente. Agora a situação se repete, de outra maneira. Ao invés de simplesmente descer todos os dias, com minha fiel enfermeira, para um passeio na praia, na rua, no supermercado, escolhi o caminho torto para chegar a Fernanda. Criei um folhetim com flores e amantes secretos. Era tão mais provável cruzar com ela numa dessas empreitadas pela vizinhança. Só esperar que ela descesse e pronto. Seguir atrás. Um dia nos esbarraríamos e, quem sabe, nossos destinos também? Mas não. Tracei um caminho absurdo. Perdi o rumo e cheguei no inesperado.

*

Num sábado cinzento, o yuppie fez as malas e partiu. Partiu sem despedida. Partiu. Só. Virgínia no quarto, calada, deixou que ele fosse. Depois pegou o telefone, discou, saiu. Olho para a portaria. Nada dela. Olho a garagem. Nada do carro. Meu peito incha de prazer. Por segundos, tão poucos segundos, vivo a fantasia de realizar a fantasia. Corro as lentes, coração acelerado, apartamento de Fernanda. Minha mente telegrafa informações. Ela foi para lá. Ela foi para lá! Mas o binóculo, na espera ansiosa, desliza e os olhos caem em outro lugar. E nele encontro Virgínia.

    Virgínia está na casa de Francis. O final da história. Depois dessa água fria, só mesmo um banho quente. Deixo a cadeira, ligo o chuveiro, guardo o binóculo e volto para o mundo.

*

No dia seguinte, liguei para o meu chefe, na casa dele, para avisar que estava voltando. Foi um telefonema rápido. Três palavras: amanhã — estou — voltando. Levantei da cama, fiz a barba, dei uma última olhada para a cadeira. Cibele chegou lá pelas dez. No domingo, ela vinha mais tarde. Levou um susto quando me encontrou na varanda tomando café. Aliás, pus uma bela mesa e a convidei para me acompanhar. Afinal, era a nossa despedida.

Foi um café silencioso... daqueles que só a intimidade permite. Cibele tirou a mesa, arrumou minha cama e se despediu. O abraço longo disse tudo dos meses que passamos juntos. Mas não éramos amigos. Apenas paciente e enfermeira. Fechada a porta, pus um ponto final numa parte da minha história que caberia perfeitamente numa comédia de sessão da tarde.

E saí. Andar na praia me fez rir, rir muito de mim mesmo e perceber por que as novelas fazem sucesso.

*

Fui recebido com uma ridícula festinha no trabalho. Algumas pessoas ali estavam me vendo pela primeira vez. Cara, cê tá ótimo! Legal, você de volta! Meu (quem é este paulista?!), já ouvi muito falar de você! E por aí afora. A diferença é que eu não conseguia mais engolir tanta falsidade.

Dr. Rubens me recomendou a hidroginástica para retomar a forma física aos poucos. Foi na academia que conheci Cecília. Ela era a professora, que se tornou amiga e me contou o outro lado da história. O que as lentes não me deixaram ver.

*

Cecília me reconheceu logo que entrei na academia. Você mora no prédio tal, não é? Te vi na cadeira de rodas. Sou eu mesmo, acidente de moto. O "cara da cadeira de rodas". Esse era eu para ela. Imagine se ela soubesse quem ela era para mim. Mas os olhares do binóculo pertencem às lentes e lá descansam.

As aulas diárias foram nos aproximando. E eu, mal ou bem, conhecia um pouco Cecília. E, no melhor estilo Woody Allen, comecei a criar uma intimidade para nós. Ela tentava parecer bem, mas estava bem mal pelo fim da relação. E eu, não posso negar, também. Às vezes me sinto um pouco culpado. Fomos nos aproximando. Ela não me disse que era gay. E eu fui me chegando como quem sabia. Já que sabia.

E fomos passando das águas de coco para as caminhadas no começo da manhã, os sorvetes no final da tarde, os cinemas, os jantares... até passar aos filmes, na casa dela ou na minha. E era gostoso ter Cecília recostada em meu ombro. Éramos amigos e eu não tinha de tomar nenhuma atitude. Era possível ser amigo de uma mulher. Eu, naquele momento, não tinha vontade de me envolver com ninguém.

Numa das maratonas de vídeo, Cecília levantou-se e foi para a janela. Aquela mesma em que passei tantas noites. E desabafou. Francis. Nesse momento, me deu vontade de pegar o binóculo e apontar para a varanda. Mostrar que eu sabia, mas não tive coragem.

*

Nunca me senti tão otário na vida. Minto. Só quando era pequeno e fazia o papel de sinal de trânsito nas brincadeiras dos meus irmãos. Me achava o máximo. Levanta o braço. Abaixa o braço. Achava que tinha o poder de deixar passar e fazer parar. Idiota. Me fazer de sinal era a forma que tinham de me deixar de fora sem que eu enchesse o saco. As brincadeiras não dependiam nem precisavam daquele estúpido poste com braços móveis. Agora a mesma sensação. As flores idiotas que não tiveram nenhuma participação na história. Nem de coadjuvantes, nem mesmo de figurantes. Aliás, as malditas flores permanecerão para sempre um mistério. A não ser que, um dia, eu conheça Virgínia. Acho improvável.

 Cecília me contou parte da vida que eu observei naqueles meses. Obviamente, o nome dela não é Cecília, idem para Francis e outros personagens que habitaram o mundo criado dentro dos binóculos, paralelo ao real, ocupando um mesmo espaço e um mesmo tempo. As duas mulheres apaixonadas que eu via eram um casal em fim de relação, que transa ferozmente numa última esperança de resgatar o que já morreu. E minha bela médica, sempre toda de branco, nunca havia pisado num hospital. Francis, pasmem, tinha uma empresa que importava peixes e crustáceos. Usar branco era uma estratégia de marketing. Dava sensação de limpeza, de alto padrão de qualidade. As duas tinham uma relação de seis anos. Francis traía Cecília há mais de um. E eu nunca percebi nada. Só abriu o jogo depois que Virgínia conseguiu se livrar do marido. E minhas flores?! Já disse, para sempre mistério.

 Quanto mais Cecília falava, mais eu olhava para a janela de Fernanda. Faltava ela. Quem era, afinal, aquela mulher? E não podia deixar de rir de mim mesmo. Desvendar a história daquele apartamento era como voltar a ter doze anos e ler Agatha Christie. A gente nunca conseguia adivinhar o assassino porque simplesmente sempre existia uma pista crucial que só Poirot conhecia. Era impossível ao leitor deduzi-la. Não aguentei e perguntei sobre Fernanda. Eu, que sempre imaginei uma existência glamorosa, vivia capítulos de um folhetim barato.

*

E aquela que mora naquele apartamento ali, quem é? Cecília me olha de lado e responde. Seguro o ar. Fernanda se chama realmente Fernanda! E a coincidência me faz achar que ela possa ser realmente quem eu imaginei... por cinco segundos. Fernanda é casada há três anos. Publicitária de uma agência, está de licença. Fernanda não era uma intelectual entediada em fim de relação. Também não existiam dissertação de mestrado, nem pai desaparecido em acidente aéreo. Fernanda era uma mãe em luto. O bebê não viveu nem um mês. Naquele quarto aonde ela ia tantas vezes, tantas noites, tentava resgatar os poucos dias com o filho.

Surgiu uma pontinha de esperança. Mas Cecília puxou meu tapete. Os dois seguram uma barra que só dá para levar porque se amam demais. Fernanda lhe disse que sempre que olhá-lo vai sentir dor e felicidade ao mesmo tempo. E que não pode ficar longe de quem experimentou, com ela, sensações tão intensas como dar vida e perdê-la para a morte. Em poucas horas, vi passar a realidade daqueles meses que foram os mais reais da minha vida.

*

Banho de água fria. Soco no estômago. Facada nas costas. E quantas mais expressões do gênero existam. Só mesmo um lugar-comum para definir o que sinto. Daqui a pouco, vou me perguntar quem sou, para onde vou, quem são meus antepassados... ou, quem sabe, vou achar que quem espera sempre alcança, que deus ajuda quem cedo madruga, que um dia é da caça e o outro do caçador. Mas não. Por incrível que pareça, não me sinto otário. Me sinto vivo. Me sinto mais vivo.

Fernanda, Fábio, Cecília, Francis, Virgínia me mostraram que existe vida dentro de mim. Quantas pessoas passam pelo mundo sem conviver consigo mesmas? Nestes meses, o que tive foi minha companhia e gostei. Sinto prazer em perceber que me permiti entrar em minha própria história. Não fui narrador. Fui personagem. Protagonista. Ególatra? Narcisista? Delirante? Ou, simplesmente, um ser humano?

Estou apaixonado pela vida. E é essa sensação que me faz querer mudar tudo. Procurar os caminhos que o destino traçou para mim e não apenas olhá-los como possibilidades do que poderia ter sido.

E pergunto: quem era, há quinze anos, o diretor da área onde você trabalha? Provavelmente você nunca soube... Ninguém se lembra. Mas, na época, muita gente quis ser ele. Por causa do salário, do poder, do respeito. Mas ele passou e foi substituído por um semelhante. Que muita gente, quem sabe você, também quis ser. E sempre vai haver alguém, um perfil parecido, um estômago do mesmo calibre, uma vontade concorrente de sentar naquela cadeira que encabeça a mesa.

E os anos passam e passam. E as horas são jogadas nos números, nos projetos, nas reuniões, no sono sem sonhos de algodão. E vêm o casamento, os filhos, os netos, o túmulo. E, para parecer que é vida, alguns momentos em que a morte passa perto... um enfarto, uma ponte de safena... um câncer, um enfisema, um derrame. E aí o homem sofre porque lhe cortaram o cigarro, o álcool e a gordura da picanha. Afinal, foram trinta e cinco anos dedicados à empresa, a dar o melhor para os filhos, e o que ele ganhou? O que foi que o destino lhe deu? Cortou as coisas que mais prazer lhe davam. Conhece alguém assim?

Eu tô fora. Não quero acabar achando que o mundo foi injusto porque me privou da santíssima trindade dos vícios.

*

Pedir demissão foi fácil, rápido e sem surpresas. Depois de tanto tempo afastado, criou-se uma nova rotina e, como toda rotina, difícil encaixar quem não ajudou a formá-la. Eu estava tão fora que não houve nenhuma insistência para que eu ficasse. Da mesma forma, consegui, sem nenhuma dificuldade, um acordo para liberar meu fundo. Numa caixa de papelão, coube uma década. No caminho da saída, beijos, abraços e a sensação de ser assunto para alguns dias. Dentro do peito, os pulmões se multiplicaram. Percebi que tinha ar, muito ar.

Não sei direito o que fazer daqui para a frente. Talvez em meia hora entre em profunda depressão e me sinta um fracassado. E só para mim mesmo assuma que tive medo de competir porque, no fundo, sei que sou perdedor. Mas vou deixar as coisas seguirem porque, neste exato momento, sinto só a vontade de sacar meu florete e, qual um dos mosqueteiros de Dumas, comprar a briga me estimula e faz olhar todos nos olhos.

Quem sabe eu entro num supermercado e encontro alguém que coloque no carrinho os mesmos biscoitos, iogurtes, frutas, bebidas que eu... e a quem eu ajude a colocar as sacolas no carro, ou mesmo a levá-las até a porta do prédio... e a gente fale o mínimo porque só estar perto basta... e no segundo seguinte a gente fale e fale sem parar porque percebe que tem vários assuntos para conversar e todo o tempo do mundo não vai ser suficiente... e nós vamos querer estar aqui mais do que o traçado na mão porque de repente o mundo ficou realmente grande. Que nem quando a gente é pequeno e não sabe ver as horas no relógio. E vive. Simplesmente.

[2ª HISTÓRIA]

O DIA EM QUE EVA ACORDOU

Ela abriu os olhos e virou para o lado. Ele continuava ali, como ontem e como anteontem e como no mês passado e como no ano passado e como há mil anos. Bendito sonífero. Eva recostou no travesseiro e pegou o espelhinho de aumento na cabeceira, que a essa altura dos quase quarenta era tão vital quanto aquele odioso par de óculos para presbiopia ou o que quer que tenha dito aquela doutorazinha ainda longe dos trinta, sem sentimentos, com a ironia típica da juventude. "Vista cansada, próprio da idade, não tem como fugir", grunhiu jocosa a moça de branco justo, sem nenhuma dobra, a infeliz, "todas chegaremos lá!" Como Eva queria estar com aquela foto do álbum de casamento para mostrar à talzinha o que era corpo escultural, que a gente tinha sem precisar esfregar na cara de ninguém. A cunhada Noelle. Era o corpo de Noelle que Eva queria esfregar no rosto lavado, fresco, da médica. Mas, ao fazer o foco, não eram as maçãs suspensas, os lábios cheios, os olhos cor de mel, as sobrancelhas perfeitamente geométricas aquilo que o espelhinho refletia. "Preciso marcar o dr. Márcio", avaliou desapontada as manchas e rugas na pele. Afinal, aquele tal de laser, que prometia milagres para os anos torrados ao sol, a havia transformado numa espécie de sócia do médico e, no frigir dos ovos, continuava aparentando os mais de quarenta que nem tinha. "Se você continuar dando ouvidos à louca da mulher do seu irmão, vai acabar numa banheira de formol ou numa câmara frigorífica", bufava

Berto a cada insinuação estética de Eva. Mas diabos quem era ele para falar, para ousar citar, o nome de Noelle? Se não fosse por ela, Eva o teria deixado quando soube do caso com a secretariazinha de quinta. Foi Noelle quem convenceu a cunhada a desistir do divórcio. Foi Noelle também quem denunciou a traição de Berto, que jurou — os homens são todos iguais — nunca ter tido uma aventura que fosse, extraconjugal, ainda mais com a secretária. "Eva, você enlouqueceu? Dona Celina é mãe de quatro filhos, já é avó! É uma mulher séria, digna." Mas por que diabos Noelle iria inventar o tal caso? Eva olhou mais uma vez o homem esparramado na cama que duas vezes por mês passava alguns minutos sobre ela antes de se aninhar em seu ombro e dormir. "Sei bem o tamanho da dignidade da dona Celina." E pensar que, nos primeiros anos, ela gostava de — chegava a ficar ansiosa por — esperar Berto na porta de casa depois de um dia pesado na fábrica. E ele? O olhar cansado logo se revigorava só de vê-la, o abraço dela, a banheira cheia e morna, o aroma do jantar. Mas Berto insistia em trazer aquelas guloseimas só para provocá-la, parecia até que ele sentia prazer com a agonia dela, todo aquele açúcar. "Você adora as cocadas da dona Odete! Impossível passar pela porta e não lembrar da minha Evinha..." Noelle tinha razão. O que Berto queria era uma vaca gorda e leiteira, para amamentar o rebanho e cuidar do pasto. E pensar o quanto ela esteve sempre ao lado dele, em todos os momentos. Se hoje Berto era Homem do Ano, Empresário Modelo e tal, muito devia a ela! Três filhos, nenhum drogado, nenhum boêmio, nenhum alcoólatra, nenhum de brinco ou cabelo comprido, nenhum homossexual... três filhos... nenhum que a fizesse querer sumir, desaparecer, pulverizar. Lá estavam, sempre unidos, abraçando a mãe, trazendo as namoradas para conhecer a mãe, indo com a mãe ao cinema, querendo a comida da mãe, dando flores no aniversário da mãe, a mãe, a mãe, a mãe. Nem quarenta anos e era A Mãe. Até Berto a chamava de mãe quando queria pedir alguma coisa. E quanto ela teve que aturar? Noites e noites de um ronco rugido, alto e curto, que nem um porco. Como odiava aquele estrondo, aquele corpo largado, os dois últimos botões abertos a desnudar a pança pálida, indecentemente mole, daquele homem. Como ele podia fazer isto com ela? Como dar uma notícia daquelas assim, como quem conta uma fofoca de escritório enquanto leva o aspirador para o conserto? E encerrar a conversa com um "Estou morrendo de fome! Os meninos voltam domingo? Aposto que vão adorar a novidade!", ao que Eva deixou a sala e seguiu para a cozinha e deu as ordens e sentou na mesa e mal tocou na comida e assistiu à televisão e mastigou um antiácido e tomou um banho e deitou e virou na cama e aquilo não lhe saía da cabeça, "ir embora, sem mais nem menos", e virou para o outro lado, e fitou o marido, e virou de volta, e fixou o teto, e ficou assim, estática, apática, o cérebro a trabalhar incansavelmente.

Tudo se passou em menos de uma hora, desde o instante em que Eva abriu os olhos naquela manhã de sábado. Não estamos aqui para julgá-la. Existe certo ou errado? Além do mais, já está feito. Quanto a Berto, Homem do Ano, Empresário Modelo e tal, cometeu um erro primário. Falou de noite, quando temos apenas os fantasmas para dividir a angústia, o que deveria ter dito pela manhã... Afinal era sexta-feira. Custava deixar para segunda?

*

Dia claro, e a noite de ontem era como uma tontura a amortecer o corpo todo. Eva, sentada, não conseguia conter, pior, entender por que, justamente com ela. Certa vez, no clube, depois de uma longa e exaustiva reunião sobre o jantar beneficente com show do Roberto, o grupo das vinte e cinco, como eram conhecidas as primeiras-damas da diretoria, resolveu fazer uma brincadeira. "Se um gênio aparecesse agora e concedesse três pedidos, não vale noite com o *Rei*, quais seriam?", lançou a presidente do conselho. As respostas rabiscadas em pequenos papéis foram lidas em voz alta.

Filhos saudáveis, mesa farta e... uma mansão em Palm Beach, uma cobertura em Miami, um duplex em Boca Raton et cetera. Eva, que também pedia as mesmas saúde e mesa farta, completava a trinca com família unida, o que significava pais, filhos, irmãos, sobrinhos, cunhados e... cunhada. Porque ela só tinha uma cunhada: Noelle, mais irmã que as irmãs. Não havia quem não se rendesse ao charme dela. A forma como entrava num tubinho preto, passava por um terninho justo, escorregava num jeans desbotado e flutuava num longo decotado. Tudo caía bem em Noelle. Corpo sem excessos, rosto sem mais nem menos. No ponto, na medida para olhar sem enjoar. E o irmão de Eva foi o escolhido, entre todos os homens do mundo, Horácio foi o escolhido. No começo, Eva admirava o primogênito e único varão. Desafiou o pai. Era mais do que uma imposição, era inconcebível casar-se com alguém de fora. A lembrança da primeira vez que Noelle atravessou a porta para ser, enfim, apresentada à família jamais abandonou Eva. Foram várias as tentativas de colocar em palavras a emoção daquela noite. Folhas rabiscadas, rasgadas, um cesto de lixo cheio de bolinhas de papel.

Diário de Eva (trechos escritos há mais de vinte anos)

« *... eu estava com 16 anos, ela tinha três a mais do que eu e já era uma mulher. Tive vontade de me esconder debaixo da mesa quando papai agarrou meu irmão pelo braço, acima do cotovelo, e o arrastou para o jardim. Só ouvimos os gritos: 'Como ousa?! Como ousa!?' Horácio estava tão encantado que achou que papai também se renderia e aprovaria o namoro com alguém que não era da nossa comunidade. Minha tia salvou a pátria, pelo menos naquela noite. 'Meu cunhado está dizendo que você é uma bonequinha de louça!'* »

« *... do jardim papai seguiu direto para o escritório, passou pela sala sem sequer olhar para Noelle. À mamãe, restou, como sempre, a incômoda tarefa de limpar as grosserias do marido. Deu alguma* *desculpa e arranjou uma maneira educada de fazer meu irmão levá--la embora o mais rápido possível... »*

« ... Horácio chegou depois da meia-noite. Eu havia adormecido no quarto dele e acordei com o girar da maçaneta. Estava arrasado. Foi a primeira vez que vi meu irmão chorar. Disse a ele que podia contar comigo e, desse dia em diante, tornei-me o elo entre ele e Noelle... »

« ... teve um momento em que ela se sentou ao meu lado e eu pude sentir aquele perfume que por vários dias permaneceu no sofá. Eu costumava chegar da escola e, depois de me certificar de que não havia ninguém por perto, afundava o rosto nas almofadas e respirava até as entranhas aquele cheiro adocicado, como um feitiço. Eram minutos longos em que fechava os olhos e me lembrava dela, como era bonita. Eu queria ser como ela... »

*

O espelhinho na mão era a tela que projetava a vida de Eva. Trazia Noelle em quase todas as cenas. Se fizesse a conta no papel, constataria que já tinha passado ao lado da cunhada mais tempo do que consigo mesma. Ou com os pais, ou com os filhos, ou com Berto. "Pai, ela é de família tradicional! Noelle é um bom cartão de visitas", foi o primeiro argumento de Horácio para tentar convencer o velho imigrante de que o casamento com uma falida poderia expandir os negócios da firma. Depois, garantiu que o primeiro filho levaria o nome do avô. Não é necessário entrar em detalhes sobre os transtornos decorrentes do pacto antenupcial exigido pelo patriarca. Mas o que não se prometia a uma mulher com a boca no pau, subindo e descendo, mais e mais, lambendo inteiro, chupando as bolas. A imagem passou rápido pela mente de Eva e ela chegou a enrubescer. Ficava sem graça quando o assunto era sexo. Mesmo que não quisesse pensar naquilo, não tinha como fugir do que vira, não uma, mas duas, três, sete, dez vezes. Noelle com a cabeça enterrada no colo do irmão, os olhos dele revirados, a boca semiaberta à espera do gozo. E ele arfava, gemia num crescendo. Eva chegava um pouco mais de lado, por trás do arbusto, para ver como ela fazia. Iam sempre para aquele canto do jardim, depois de as luzes se apagarem na casa. Eva então descia e corria para o arbusto por um caminho que só ela sabia, contornando a garagem. A primeira vez que viu os dois foi por acaso. Ali era seu esconderijo desde pequena. Costumava se refugiar entre as folhagens quando queria pensar ou fugir dos lanchinhos da mãe tão sentidos na balança. Pois numa noite estava entregue à lua quando Noelle e Horácio apareceram. Para Eva, um conjunto de primeiras vezes. A primeira vez que viu ao vivo o órgão genital masculino. Justo o do irmão. Era longo e não muito grosso. Pulou da calça já grande ao leve toque das mãos de Noelle. No segundo seguinte, a primeira visão do sexo oral. E Eva queimava por dentro para não ficar vermelha por fora. As duas tentativas com Berto foram um verdadeiro desastre. Numa mordeu a cabeça do pênis, fazendo o marido urrar de dor. Na outra, foi tomada por uma crise de asma provocada por sufocamento. O caso foi tão grave que Eva foi internada, de emergência, para uma série de nebulizações. Por um momento, sentiu um impulso de mergulhar pela fenda do pijama e engolir Berto. Tomá-lo de surpresa e aí adeus Palm Beach, Flórida. Berto faria o que ela quisesse. O segredo para segurar um homem estava ali. "Uma mulher prende um homem pela boca", Noelle costumava decretar passando a língua pelos lábios carnudos. Mais do que isso, parecia se deliciar com o mal-estar que causava falando essas coisas. Essas coisas enrubesciam Eva só pela leve referência, imagine se pensasse efetivamente nelas. Existiam certos assuntos, e isso era só dela, que Eva considerava tabus nas próprias conversas consigo mesma. Sentava-se em frente ao espelho ao final da tarde — os meninos no clube, ou trancados no quarto, as empregadas na cozinha — e conferia a lista de tarefas do dia, escrita com bela caligrafia na folha rosa de papel de cartas, dava um suspiro de dever cumprido e mergulhava em imagens. Eram quinze, vinte minutos em que chupava as maçãs do rosto e fazia bico, lançava os ombros para a frente, espremia os olhos. Eram seus momentos de Sophia Loren, Brigitte Bardot, Grace Kelly. Mas jamais passava a mão pelos seios ou se despia. Tinha vergonha de se olhar nua, tocar o próprio sexo. Às vezes ensaiava uma palavra obscena, mas o trajeto da mente à boca engasgava na garganta. E quando pensava caralho saía "pilauzinho", quando pensava boceta saía "perereca". Até nos momentos de ódio profundo, principalmente com aqueles grosseiros motoristas enlouquecidos, Eva virava o rosto para o dedo do meio levantado, apontado para ela, e gritava fino "vai à m.!". Já Noelle mandava tomar no cu, falava puta que pariu e porra. Como Noelle gostava de falar porra. O rosto aristocrático, o porte de amazona, os olhos de rainha e a boca berrando "porra, caralho, veado, filho da puta!". Eva tinha vontade de se enfiar debaixo do banco do carro. "Noelle, cuidado, querida, você ainda leva um tiro, deixa ele passar, não liga!", mas as palavras de Eva eram tão vazias quanto o saquinho de lixo do Greenpeace que Noelle deixava pendurado no banco do carona. O que incomodava Eva eram as palavras de baixo calão, que pareciam sair da boca de um chofer de caminhão, de forma tão gratuita. E Noelle fazia questão de soltar o indigesto vocabulário quanto mais formais e cheios de dedos fossem os interlocutores, o que se traduzia no círculo de amigas de Eva. Os comentários-bomba surgiam nos chás da divisão feminina do clube, nos preparativos dos jantares de caridade, na confraternização da turma de pintura de porcelana. Se havia algo de que Eva se orgulhava, era das suas pinturas. Berto já havia presenteado muitos clientes com elas, dizia que eram seus pés de coelho. Já Noelle... Noelle era do tipo que não tomava chá, não pintava porcelana e vivia de regime. Mas fazia questão de aparecer na casa de Eva quando os encontros eram lá. E recheava a tarde com histórias baratas, que Eva considerava inapropriadas. Mas fazer o quê? Não se tolhe alguém tão original como Noelle, é da natureza. Bastava um comentário picante para Eva iniciar um frenético ir e vir da sala para a cozinha e da cozinha para a sala com travessas de sanduíches, salgadinhos, frutas secas, doces... e as amigas iniciavam as visitas ao banheiro, retocavam maquiagem, inventavam um compromisso para sair mais cedo e aos poucos iam deixando a casa bem antes do previsto. Noelle era a última a ir embora, sem comer um único pedaço da maravilhosa torta de damasco — receita da avó — que, mais uma vez, ficava intacta graças à debandada. Agora, na cama, Eva pensava em obscenidades sem pudor. Se nos últimos vinte anos tivesse seguido os conselhos de Noelle, não se sentiria como a velha poltrona da sala de tevê, onde Berto se atirava depois do jantar para ver o jornal. Dentro de um mês, estariam noutra casa, noutro bairro, noutra cidade, noutro estado, noutro país. Eva e a poltrona. Ela nem havia sido consultada sobre a mudança. Vinte anos de vida sob o mesmo teto e o que ela falava, sentia, pensava não significava nada.

Diário de Eva (anotações feitas na noite anterior)

« ... Um belo dia, Berto teve a brilhante ideia de ir morar na Flórida. Deu alguns telefonemas, encaixou uma visita a Palm Beach numa das diversas viagens de negócios aos Estados Unidos, escolheu a casa, pagou cash, decidiu com o sócio como gerir os negócios de lá e pronto. Então ele se lembrou de um detalhe. 'Tenho que avisar a senhora R., afinal, é ela quem lava as cuecas, faz o supermercado e coordena a cozinha.' Pois a senhora R., que por acaso sou eu, estava em casa assistindo à única novela de que gosta, a das sete, quando ele chegou sutil e delicado como uma pata de elefante: 'Eva, querida, é amanhã o jantar no clube? Você pegou meu blazer na lavanderia? Tenho uma surpresa, um presente de aniversário adiantado. Não precisa mais pedir o orçamento da pintura porque mês que vem nos mudamos para a Flórida! Você vai adorar a casa que comprei. Adivinha! Tem um estúdio só para você, para as porcelanas, os americanos vão adorar. Que tal? Gostou? Estou morrendo de fome. Os meninos voltam domingo? Aposto que vão vibrar com a novidade! Vou escolher um vinho, vamos comemorar. Berto me deu um

beijo na testa e desceu para a adega sem esperar resposta. Eu fui para a cozinha. No caminho, esbarrei na sopeira de enfeite que eu mesma pintei. A peça que ele mais gostava. Pedi a Nice que botasse os cacos no lixo antes de servir à mesa e seguir para seu final de semana de folga. »

*

Se fosse na casa do irmão, o enredo seria bem diferente. Ai dele ousar mudar o corte do cabelo sem consultar Noelle. Quanto mais mudar de país. Noelle tinha personalidade. Não era como Eva, que sempre fazia o que esperavam dela. Eva não tinha mau humor, não ficava insatisfeita, não era cheia de vontades, não reclamava, não exigia, não cobrava. E o mais irritante: via sempre um lado positivo nas coisas. "Veja por esse prisma" era seu início de frase favorito. Aliás, deveria agora falar para si própria o que vivia cuspindo no ouvido dos outros. "Veja por este prisma, numa época de tanta violência, onda de sequestros, você vai ter mais qualidade de vida lá fora" ou então "Você deveria agradecer todos os dias o santo que tem em casa. Só faltou ele embrulhar a casa em papel de presente!". E ela percebia como era chata. Como podiam suportá-la, sempre sorrindo, sempre ouvindo toda e qualquer besteira e falando só o que fosse agradável? Noelle devia sentir pena dela. Era essa a única explicação que Eva encontrava para serem tão amigas. "Como a vida era injusta", pensava por pensar, na falta de outra frase para ocupar o pensamento, como se, ao sentir pena de si mesma, pudesse ganhar tempo e encontrar a melhor solução para o impasse que lhe inundava o corpo e a mente. Uma coisa ela já tinha decidido: não iria para a Flórida, de forma alguma. Ele que fosse e arranjasse uma outra para lavar suas cuecas. Os filhos a apoiariam. Se havia uma coisa de que Eva se orgulhava era de ter criado os filhos longe das chantagens emocionais e bajulações que costumavam permear as relações maternais das amigas. Conhecia bem os seus meninos, não se deixariam seduzir pela bela casa e a promessa de uma vida inteira pela frente no parque de diversões do consumismo, no país das oportunidades, principalmente agora que Berto estava no auge da carreira e a fábrica produzia mais do que nunca. Em breve, montaria uma filial em Porto Rico, ou na República Dominicana, ou em qualquer ilhota perdida no mar do Caribe, aonde os meninos chegariam num pulo no jatinho particular que, provavelmente, já estava nos planos do marido. Agora ela via tudo muito claro. Berto estava deixando o país para ficar mais próximo dos paraísos fiscais onde engordava sua fortuna de "self made man". Será que ele tinha dado algum golpe? A pergunta acendeu como pavio e Eva queimava a mufa tentando se lembrar de algum tropeço, alguma frase que Berto tivesse deixado escapar sobre desvio de dinheiro ou algo parecido. Como podia estar tão sorridente e confiante no futuro? Mudar para a Flórida? Delegar a terceiros as visitas ao túmulo da mãe? Em três anos, não falhara uma única vez. "Berto deve é ter aprontado alguma e está abandonando o barco antes que afunde. E quer carregar a mim e aos meninos porque tem medo da falcatrua vir à tona", falava baixinho olhando o corpo pedra que rugia espaçado. Bendito sonífero. "Sem-vergonha. Pensar que por vinte anos dormi ao lado de um homem sem escrúpulos, que só quer bem-estar pessoal, enriquecer! Pois eu não vou... e tentar me comprar com um estúdio só para mim... meus filhos hão de optar pelo que é justo, vão ficar comigo e começaremos tudo de novo, do zero." Não demorou para Eva cair em si. Berto trabalhava no mínimo catorze horas por dia, jamais esbanjava ou fazia gastos maiores que os ganhos, não ligava para carros, nem roupas, nem títulos de clube... quanto mais um jatinho. Vivia para a fábrica e para a família. E realmente gostava das pinturas em porcelana dela. Sempre fazia em casa o balanço mensal da empresa, sob a supervisão de Eva, "uma mente prodigiosa para números", ele não cansava de repetir. Começou do zero, com uma pequena ajuda do pai dela e, vinte anos depois, já era mais bem-sucedido que o sogro quando este tinha a mesma idade. Jurava que a primeira vez que mandasse um filho para o estrangeiro seria para conhecer a terra de seus antepassados. Ele mesmo ainda não tinha ido. A viagem era sempre adiada por causa da firma, de uma excursão da escola dos meninos, da casa de campo nova do sogro... até surgir Miami, que enterrou de vez o sonho de Berto. Eva lembrava como se fosse ontem a primeira vez que ouviram falar do paraíso do consumo. Final da década de 80. Horácio e Noelle aterrissaram de uma temporada no maravilhoso suprassumo das compras. Noelle com seus quarenta e sete quilos proporcionalmente distribuídos em um metro e cinquenta e nove centímetros de corpo trabalhado em muitos abdominais. Nem o abominável calor de um seco julho americano impediu que ela embarcasse, lá, com um *trench coat* Burberry displicentemente jogado sobre um jeans Moschino, afinal pisaria em solo paulistano em pleno inverno chuvoso e nada melhor do que o aeroporto de Cumbica para desfilar uma legítima gabardine.

Diário de Eva (final da década de 80)

« Berto está roncando e eu não consigo pregar o olho. Tivemos uma briga horrível só porque eu disse que queria ir para Miami nas férias. Horácio e Noelle acabaram de chegar e dizem que é o melhor lugar do mundo. Compras maravilhosas, hotéis fantásticos e praia. Tudo limpo, funcionando, Estados Unidos! Noelle sempre pergunta por que raios papai não foi para Nova Iorque? Imigrar para o Brasil ela não entende. Nosso velho pai, já cansado, apenas balança a cabeça e encara meu irmão. Ideal para descansar, eu argumentei com Berto. E ele estourou porque insiste na maldita viagem à terra de seus pais, quer visitar os tios e primos que nunca viu, quer pisar, descalço, o mesmo chão que os avós, quanta baboseira. Berto nem chinelas usa! Rebateu que no ano passado não fomos por causa das bodas da minha tia, mas que agora não tem desculpa. Pois eu bati o pé, pela primeira vez, 'vai sozinho, ou convida dona Celina!'. Ele ficou uma fera, saiu da sala bufando e foi dormir. E eu estou aqui escrevendo. Como ele

consegue deitar a cabeça no travesseiro depois de uma briga? Não lhe dirijo mais a palavra até que as passagens para Miami estejam na minha mão. Nem um dedo ele me toca. Vou fazer como Noelle, é assim que ela consegue tudo de Horácio. »

✴

As passagens chegaram, a primeira, a segunda, a terceira vez, e Miami passou a ser a praia da família, das duas famílias. Todos os anos lá iam eles, faziam cruzeiros, esticavam até Cancún, enchiam malas e malas. Eva tinha quinze dias de Noelle só para ela. Compras, compras, compras. Como era feliz naquelas duas semanas. Berto foi se acostumando, passou a fumar charuto, a fazer amigos e a fechar negócios. As temporadas foram aumentando. Até que o boom de brasileiros se tornou insuportável a ponto de se ouvir português em cada esquina, em todo outlet. E Noelle deu o grito de basta e disse que não ia mais. "Me recuso a colocar os pés novamente neste Paraguai norte-americano", grunhiu depois de encontrar a manicure no saguão do aeroporto para embarcar no mesmo voo. "Estados Unidos, daqui para a frente, só para esquiar!" E o mundo de Eva escorregou já que agora era Berto que não queria mais saber de outro canto que não fosse Miami. Horácio percebeu que não adiantava discutir, reclamar, fechar a cara. Então começou a jogar tênis. Primeiro aos sábados, em seguida também aos domingos e, aos poucos, todos os dias. Uma partida emendava noutra até a noite cair. Passava os finais de semana enfurnado no clube. Durante a semana, os jogos também eram sagrados, sete às oito da manhã e ao final da tarde, diariamente, com chuva ou sol. A vida era do clube para a fábrica, da fábrica para casa, comer e logo dormir esperando pelo amanhecer para que pudesse chegar ao clube, jogar e seguir para a firma. A rotina era quebrada nas temporadas de Grand Slam. Horácio convidava um amigo de quadra e seguiam para

Wimbledon, Roland Garros, Aberto da Austrália, Copa Davis. Só pensava nas partidas de tênis, em aces, voleios, fundos de quadra, torneios na madrugada, à tarde, à noite. Vamos convir que não há mulher que aguente, ainda mais se essa mulher for Noelle. Enquanto ele batia bola, ela mergulhava o charme nas piscinas seduzindo adolescentes da equipe de natação estourando de testosterona. Um tal de personal trainer era a mais recente aquisição da cunhada. Herança de Miami. Para Eva, não passava de um estrangeirismo metido à besta para professor de ginástica particular. E para quê? Não havia um grama acima do peso. Além das aulas pela manhã, tinha as caminhadas ao final da tarde, os passeios no shopping e as mil desculpas esfarrapadas para grudar naquele sujeitinho que não perdia a chance de exibir o abdômen tanquinho. Abrisse uma lavanderia! Nos últimos tempos, eram raros os momentos em que saíam só as duas. Cada vez que Noelle desmarcava um cinema, um vinho, quando Eva já estava na porta de casa, depois de uma manhã de espera, de uma tarde ansiosa. A cunhada inventava uma dor de cabeça, um dentista, um curso de astrologia. Como aquilo doía no coração. Noelle tinha Horácio a seus pés. O irmão peitou o pai e a família. Dispensou um casamento arranjado. Tudo bem que Horácio não era exatamente um protótipo de Adonis, mas era tão apaixonado por Noelle, tão bem-humorado, bon-vivant, mão aberta, sobretudo fiel. O que mais uma mulher precisava? E o Berto? Tinha que ter mais gratidão. De certa forma ele devia a Noelle o primeiro encontro com Eva.

Diário de Eva (trechos escritos há mais de vinte anos)

«*Acendi uma vela para Santo Antônio. Também participei de uma sessão com espíritos e fui a um pai de santo. Tudo com minha prima. Ela diz que funciona. Minha tia e minha mãe morreriam só de imaginar as heresias da minha prima. Faço promessas de todos os tipos para ver se papai deixa Horácio casar com Noelle. Diminuí os doces e os pães horrivelmente. Deus sabe o quanto me custa rejeitar a torta de damasco da minha avó. Em casa todos receberam a dieta como um sinal da minha maturidade feminina. Ontem fui ao cinema com Noelle, meu irmão e um colega dele, da faculdade. Por coincidência, filho de uma prima de segundo grau da mamãe, que mora no interior. O apelido dele é Berto. Aluga um quarto numa pensão. É um aluno aplicado e por isso Horácio grudou nele. Ele faz os trabalhos para o meu irmão e, em troca, ganha jantares e lanches aqui em casa. Redundante dizer que esse é o tipo de rapaz que papai admira. 'Esse é moço bom para casar. É estudioso, fala pouco e levanta cedo.' Redundante mais uma vez dizer que, como caçula, única solteira, ainda sem pretendentes, sou o tipo de moça para ele. Berto é respeitador e não parece se importar com meu excesso de apetite. O que verdadeiramente importa é que agora saio quase todas as noites com Noelle. Saímos os quatro. No cinema ficamos sentadas lado a lado. Estou feliz, feliz, feliz. »*

*

A manhã de sábado ia entrando pelo quarto sorrateiramente. Não era um dia ensolarado. A luz que cortava as frestas da cortina caía cinza e pálida sobre a cama. O vermelho pisca-pisca do relógio digital denunciava alguma queda de luz durante a noite. Sem saber que horas eram, pouco importando o tempo que fazia lá fora, Eva permanecia de barriga para cima olhando o teto. Hoje era dia de fazer a mão, o cabelo. Tinha o jantar no clube, encontrar Rosita e o marido, ela não via mais sentido. Sentar-se à mesa com um casal que espelhava seu próprio casamento. Ela era igual a Rosita. O laquê para segurar a franja, o sorriso permanente, a eterna briga com os quadris largos. Soltava pelo nariz um discurso recheado de expressões batidas e otimistas. "Filhos crescidos, esperar pelos netos." Iriam no mesmo carro, os quatro. Será que na Flórida teriam esses casais amigos, esses jantares? Eva não tinha forças, ou seria vontade, para levantar o braço e pegar o relógio de pulso. E de que adiantaria saber as horas se Noelle não acordava antes das onze e odiava que o telefone tocasse antes da uma. Mas diabos, frente à ideia absurda de mudar-se definitivamente para Miami, a situação era de emergência. A cunhada saberia o que fazer. Seria solidária. Pensando melhor, não ligaria. Noelle responderia zonza e provavelmente passaria o telefone para Horácio. O irmão não entenderia. Era preciso pensar rápido antes que os meninos chegassem. Até agora só Eva sabia dos planos de Berto. Dia do aniversário dela, dia em que se conheceram, dia em que casaram. 2 — 4 — 1 — 3 — 0 — 5. A sequência da combinação do cofre pipocou na mente. Berto guardava os dólares, os títulos, as joias. Eva agradeceu aos céus a prodigiosa memória para números — de que o marido tanto se orgulhava — e numa fração de segundos eles inundaram o pensamento: as senhas, os valores das aplicações. A cabeça de Eva ia sendo ocupada por zeros e mais zeros que engordavam as somas de uma vida inteira. As cifras abririam as portas do mundo para ela e Noelle. A cunhada teria os carros que quisesse, os brilhantes que quisesse, ela fecharia a Chanel se Noelle pedisse. Juntas conquistariam o universo. Ela e Noelle, ela e Noelle, Noelle, Noelle, Noelle. Agora eram as letras daquele nome mágico que lhe tomavam a mente e lhe enchiam o corpo de prazer. E aquele outro corpo, ali a seu lado, a enchê-la de desprazer? Bendito sonífero. Um calor a subir pelas entranhas, a queimar os neurônios. Noelle, Noelle, Noelle. Só ela e Noelle, ninguém mais. O rosto perfeito de Noelle, o corpo perfeito de Noelle. Ninguém mais. Bendito sonífero. Eva ajeitou o travesseiro solto ao lado e montou nele. E os olhos fecharam. E o inusitado aconteceu. Não havia mais pudores, marido, filhos, pais. Só havia espasmos. Noelle, Noelle, repetia num crescente. Eva esfregava o próprio sexo com furor, cavalgando o travesseiro, sufocando com seu prazer, se entregando às delícias que aquele nome despertava. Sentiu vida pulsar, sentiu-se mulher. "Lasciva, gulosa, quente, molhada", sussurrava para si mesma. Nada além de um jorro de Noelle, naquele minúsculo ponto sagrado que despertara o gozo. Eva teve seu primeiro orgasmo aos trinta e nove anos.

Diário de Eva (trechos da época do noivado)

« Decididamente não quero nunca mais sair do quarto. Peço à mamãe que mantenha as janelas fechadas, pois a luz provoca enxaqueca. Minha avó acha que estou assim porque Berto vai ficar três meses estagiando em fábricas na Europa, várias. Pouco me importa onde. Papai arranjou tudo para ele. Berto virou seu filho depois que Horácio engravidou Noelle e tiveram que casar às pressas. Já se passaram dois meses e Horácio está proibido de frequentar nossa casa. Ainda trabalha com papai, mas não se falam. Moram num apartamento que minha mãe herdou do vovô. Mamãe vive chorando pelos cantos, pedindo que papai o perdoe. Eu odeio papai. Estou proibida de visitar meu irmão. Não me levanto desta cama até que possa ver Noelle de novo. Ela deve estar linda de barriga! Também rezo todos os dias para que o avião de Berto caia na volta ao Brasil. Só para ver a desilusão de papai que fala noite e dia sobre nosso casamento, marcado para daqui a seis meses. »

« São duas da manhã. Ouço barulho na sala. As luzes do corredor se acendem e o inconfundível arrastar dos chinelos de papai passa pela porta do quarto. Meu irmão não faz questão de esconder os soluços. Está aos prantos com a cabeça enterrada no colo de mamãe. A vida está sendo dura para ele e Noelle. Ela se queixa de dores terríveis e teme perder o bebê. Horácio não sabe o que fazer. Noelle foi para a casa dos pais e diz que nunca mais quer vê-lo. Papai cede e permite que eles venham morar aqui em casa até o nascimento do bebê. Vão todos dormir. Só eu que não consigo pregar o olho de tanta felicidade! »

« *A alegria voltou à nossa casa! Eu e Noelle vamos todos os dias às compras para o enxoval. Berto manda cartões apaixonados, ainda fica fora mais um mês. Papai decidiu comprar apartamentos no mesmo prédio para nós. Horácio e Noelle se mudam quando o bebê nascer. Eu, quando casar. Não vejo a hora de ter minha própria casa. Mamãe não se decide pelo buffet. Os preparativos estão a mil. Noelle está empolgadíssima com o meu vestido. Já disse que usarei o que ela escolher. Vamos ser vizinhas!* »

*

Os olhos abriram de supetão. Ele continuava ali, estirado. Fora tudo tão rápido, tão intenso, tão íntimo. Não sabia ao certo o que tinha acontecido. Um cansaço gostoso envolvia todo o seu corpo. Eva levou os dedos ao nariz e aspirou fundo. "Berto... vocês todos... homens, seriam mesmo necessários?" Teve vontade de fumar um cigarro. Teve vontade de fazer de novo. O primeiro orgasmo de Eva acontecia ali. Não foi a primeira vez que se masturbou. Havia lido contos eróticos em revistas masculinas que descobrira no quarto dos filhos, livrinhos de sacanagem. Algumas vezes arriscou o chuveirinho do banheiro. Mas o jato forte machucava e ela preferiu mesmo as revistinhas. Eva achou o esconderijo dos meninos por acaso, numa daquelas faxinas de mãe no final do ano. Deixou-o intocável para que não percebessem suas invasões. Certa vez trancou-se no quarto num início de tarde e fingiu uma enxaqueca. Foi assim que assistiu a seu primeiro e único filme pornô. Tudo muito bem pensado, do momento em que encontrou a fita até a exibição no videocassete. Passaram-se dois meses desde o instante em que batera os olhos naquela capa suja, com duas mulheres coladas, até o instante de devorar as imagens mais podres de sua existência. Não viu o filme inteiro. Teve nojo. Retirou a fita do vídeo e a devolveu ao esconderijo, que jamais voltou a fuxicar.

Diário de Eva (de umas férias de julho)

« Os meninos partiram hoje para o acampamento. Finalmente tenho um tempo para mim, a casa para mim. Ao contrário de outros anos, não sinto mais aquele vazio quando eles se vão me enchendo de beijos e eu os enchendo de comida. Berto está na fábrica. Despachei Nice para o supermercado com seu Antero. Aleguei enxaqueca. Fui até o quarto dos meninos e peguei uma fita pirata: Prisioneiras do sexo. *Me senti adolescente. Era o primeiro filme de sacanagem, como dizem os garotos, a que ia assistir na vida. Noelle e Horácio assistem sempre. Ela me contou que ele adora. Eu fico vermelha, ela não pergunta se Berto gosta. Noelle não pergunta nada. Nunca. Levei o filme para meu quarto, junto com uma latinha de Pringles. Não assisti nem vinte minutos. As Pringles não caíram bem. Não achei a menor graça naquelas mulheres se esfregando umas nas outras, de unhas compridas vermelhas, pondo a mão lá. E homens com coisas monstruosas que enfiavam em todos os buracos. Não existem beijos ou abraços nestes filmes? Mulheres lambendo outras mulheres enquanto são penetradas na frente e atrás. Cenas horríveis. Que pessoa em sã consciência pode dizer que adora fazer isso? E ver?! Meu irmão é um anormal. Será que Noelle tem que fazer essas coisas? Coitada. Ultrajante! E os meninos? Berto precisa ter uma conversinha com eles. »*

*

Eva deixou escapar um sorriso malicioso ao lembrar-se do filme pornô que surrupiara do quarto dos filhos. Agora se arrependia de não tê-lo visto inteiro. No mínimo teria se divertido e, quem sabe, aquele filme sujo não a tivesse ajudado a fazer seu próprio filme, dentro da cabeça? E talvez tivesse sentido antes o frescor que agora corria seu corpo. Depois do terceiro filho, a vida sexual foi esmorecendo e os anos de casados foram lapidando o marido e apagando o amante. Até que não podia reclamar, já que Berto nunca havia sido estúpido com ela. Tinha amigas com verdadeiro horror dos maridos. No começo, Berto até que era bem safadinho. No cinema, ainda namorados, costumava colocar a mão por baixo da saia dela e brincar com o elástico da calcinha... mas a primeira vez foi mesmo na noite de núpcias. Ele foi de uma delicadeza que Eva nunca iria esquecer, tamanho pavor ela tinha só de lembrar dos conselhos da cunhada. Dois dias antes do casamento, Eva criara coragem e expôs seus temores. Cenas de horror tomaram-lhe a cabeça à medida que Noelle soltava as maiores obscenidades. "Enlouqueça este homem o quanto puder pois é nesta primeira vez que você marca seu território." "Não faça o gênero virgem pura, pois eles odeiam e vão logo procurar uma vagabunda em outra cama." "Fique por cima, eles adoram." "Cavalgue seu macho, mostre que você domina, solte muitos gemidos, mesmo que o gozo não venha, deixe ele pensar que é um touro enfurecido e você a arena." "Caia de boca nele. E olhe nos olhos enquanto faz isto... mostre que é uma devoradora." Eva engolia em seco e o terror crescia a cada palavra, a cada cena levemente imaginada. Ela que sentia vergonha só de sentir o pênis de Berto roçar suas coxas quando dançavam, ela que jamais ousara olhar para o calção dele nas férias de janeiro na praia. Ela não seria capaz nem de tirar a roupa perto de um homem. E agora, vinte anos depois daquela primeira vez, Eva finalmente sentia o tal frescor, o cansaço gostoso, e não tinha vergonha. Eva realmente não sentiu vergonha. Sentiu-se mulher. Aquele primeiro orgasmo abriu uma porta até então desconhecida no corpo sem curvas, sem apelo, daquele ser que se definia mãe, esposa, filha. Nunca mulher. Eva pegou novamente o espelhinho da cabeceira e se encarou. Os cílios longos, a sobrancelha grossa e preta, os olhos azul-violeta. "Espelho, espelho meu, existe alguém mais bela do que eu?", sussurrou baixinho como costumava fazer quando criança. Sim, porque houve uma época, lá pelos cinco anos de idade, em que ela se achava linda. Se achava, não, ela era linda, diziam os vizinhos, os tios, os professores da escola. "Evinha é um bebê de revista", elogiavam no cabeleireiro, e a mãe baixava os olhos orgulhosa da própria cria. Mas os anos foram passando e ela foi engordando, engordando. A cara de lua cheia, emoldurada pelos cachos, transformou Eva numa réplica de querubim. Como ela odiava aquela cara de anjo, aquele corpo redondo de anjo, aquele peito casado com o estômago, aqueles quadris e, no entanto, agora, ela não conseguia afastar o espelho. Eva se olhava, e se olhava, e se olhava. Aqueles quadris eram apetitosos. E a boca. Uma vontade irresistível de beijar a si própria. "Meu deus, como você é sexy, e que olhos, iguais aos da Elizabeth Taylor!" Não era mentira. Os olhos de Eva eram mesmo como os da Taylor, as duas se pareciam, agora e antes. Elas eram lindas. Ela era linda. Se emagrecesse, ficaria igual à Elizabeth Taylor magra. E Noelle a admiraria. E ela e Noelle seriam as mais belas e desejadas mulheres do mundo. Elas conquistariam o mundo! Elas também dariam um jeito em Horácio. Não seria difícil, já que o irmão só pensava em jogar tênis e frequentar o clube. Noelle vivia resmungando que não o aguentava mais. Eva seria uma nova Eva. Iria se internar num spa, fazer plástica, arranjar um personal e passar o dia todo com Noelle. Iriam fazer compras, almoçar fora e viajar muito. Uma noite e outra, Eva prepararia um lanchinho leve e assistiriam a uma comédia romântica e então... então Eva baixou o espelho e se levantou. Agora sim, iria colocar o travesseiro no lugar correto. Berto gostava de tudo, sempre, nos devidos lugares, não seria diferente com a almofada de espuma viscoelástica importada dos Estados Unidos. Acomodou-a sob a cabeça calva dele, que lembrava uma azeitona gigante. Em seguida, colocou a lâmina de vidro sobre a boca de Berto. Nem um embaçado, exatamente como nos filmes. A manhã já ia pela metade e ela tinha muito o que fazer. Berto não acordaria mais. Afinal, hoje era outro dia.

[3ª HISTÓRIA]
(IN)CÔMODOS

A sala

Ela entra suada, dá um beijo daqueles bem salgados, de leve, nos lábios, algumas gotas respingam nos óculos, que logo embaçam. Tiro-os e deixo-os de lado, junto com o livro. "A corrida te fez bem", digo, apertando as coxas bem definidas. Sopra um "te amo" enquanto vai para a cozinha pegar um copo d'água. "Vamos ao cinema à noite?", pergunta na volta. "Por mim, ok. E aí, falou com sua mãe?", é minha vez de perguntar. "Vamos mudar de assunto, o dia tá começando, corri doze quilômetros. O que você tá lendo?", rebate para desviar, mas não adianta. "Não foge. Diz, o que foi?" "Não quero falar sobre isso, você não entende que eu quero te poupar?" "Mas eu não quero ser poupada, quero saber o que ela queria!" "Você não percebe que não dá pra ligar pro que ela diz? Quer saber mesmo? Me encheu o saco como sempre." "Encheu como? O que ela disse?" "A gente tem o dia inteiro livre, plena quarta-feira, tem jogo daqui a pouco, vamos curtir, por favor." Mas não dá para mim. O que não suporto é o comodismo, o jeito de empurrar com a barriga, a omissão, nas palavras dela, para *me poupar*. E ainda por cima a cara de tô puta, esticando os braços, se alongando no chão da sala, como se eu tivesse feito ou dito algo de errado. E de repente me dá raiva daquele corpo estirado à minha frente, contorcendo-se em abdominais, molhando com suor os tacos recém-encerados, como se eu não existisse, fosse um nada. "É fácil ignorar, quem está sendo agredida sou eu." Ela, muda. "Nunca minha mãe, meu pai, qualquer pessoa da minha família te tratou mal. Sabe por quê? Porque eu me dou ao respeito, eu saí de casa de verdade, eu cortei o cordão. Mas você, você..." "Eu o quê?", corta ríspida, se levantando, não deixando fôlego, "tá aí brigando sozinha. Aliás você é mestre em brigar sozinha", e sai da sala. E me larga falando, bufando. Que ódio, ódio. Uma frase. Eu só quero ouvir dela uma frasezinha, mas ela não diz, nunca diz. Por que a pessoa que a gente ama nunca fala o que a gente quer, na hora que a gente quer?

O banheiro

"Pega um sabonete pra mim", resmunga a seco, depois de ter me tratado daquela maneira. "Eu não sou sua empregada", respondo me virando rápido o bastante para flagrar a toalhada na parede. A voz dela um tom mais alto. Pronto, vai começar de novo, porque nossas brigas não são como as de qualquer casal ou pelo menos como eu penso que sejam. Não há meio-termo, meia palavra, meio nada. "Minha empregada?", ela grita, "pegar um sabonete é ser minha empregada?" Aí é a minha vez de elevar o tom também, "pegue você mesma, vai pro inferno!", e de novo me viro, agora lenta demais para escapar de dois braços garras que me sacodem os ombros. "Você quer o que de mim, o quê?", e me balança, frenética, "eu não aguento mais essa pressão, essa cobrança. Meu cabelo tá caindo", e me esfrega o tufo na cara. E de repente não é mais ela a protetora, a sedutora, a divertida, a sagaz nas respostas. Na minha frente, sentada no box, apertando a cabeça entre as pernas, é uma menina chorona. Me aproximo para trégua, "você tem muito cabelo", como se fosse o cabelo, ou o sabonete, ou a toalhada na parede que fizessem ela se curvar como um animal acuado no banheiro. Tocá-la é o suficiente para detonar outra explosão. "Empregada?! Você torce tudo o que eu digo", e eu, ao contrário das outras não sei quantas vezes, me calo e deixo-a falar para ver até onde vai. E, quanto maior meu silêncio, maior o vômito de palavras, a verborragia desconexa que nunca vai dar em nada. "Justo hoje que tem jogo e eu fiquei em casa pra assistirmos ao jogo, mas você não consegue, tem que estragar tudo, fala alguma coisa, porra!", mas eu não. Só vejo os cílios, longos, curvilíneos, beirando os olhos molhados, verdes por causa do choro, e penso se alguém, os amigos dela, os meus, os nossos, se alguém tem a mais vaga ideia do que acontece agora neste banheiro. Ou dentro desse corpo tão lindo, quente, gostoso, largado no azulejo molhado. E penso porque a gente não acaba com isto e faz amor aqui mesmo, afinal a gente não transa tem mais de uma semana e, sabendo como sei da memória cirúrgica que ela tem, com certeza também sabe há quantos dias exatos a gente não se toca. Mas não, não vou pedir trégua. Não vou me aproximar dela porque sei que é isso que ela quer, mas eu quero que ela venha primeiro porque foi ela que começou tudo e não vou relevar como das outras vezes só porque tenho de aceitar que ela despeje o que quer que seja em cima de mim quando algo a irrita. Não vou. E ela que venha de joelhos, senão vou embora. Desta vez vou embora. E berro "você é covarde, mimada, infantil. Sabe o que acontece? E cala a boca porque quem fala agora sou eu, cala a boca. Você não foi feita pra viver com ninguém, nem com você mesma. Você não enfrenta nada, você foge, não é novidade, não sou a primeira a te jogar isso na cara. E foi você quem me avisou, lembra? Quando a gente decidiu morar junto", e, tal como eu há poucos minutos, ela permanece imóvel, jogada no box, braços largados, rendida, me deixando falar, não porque concorde comigo, eu sei, mas simplesmente porque também ela sabe aonde vai dar a discussão, que não é a primeira nem será a última, mas que faz parte desse bolo de sentimentos que nos une e que, ao mesmo tempo, é uma pedra solta que vem rolando e levando, sem dó, tudo que há pela frente, mas que, às tantas, vai perdendo a força e vai parando e para até, deus sabe quando, começar a rolar de novo, nessa montanha de sensações que erguemos a cada dia, a cada hora, minuto. E ela ergue os braços me chamando para trégua, "vamos parar porque, daqui a pouco, vou precisar de uma plástica de tão enrugada debaixo dessa água" e eu rebato "nada que um lifting não resolva", e começamos a rir do comentário sem graça, mas que para nós é o mais engraçado do mundo e nos abraçamos no chão mesmo, sem forças para o sexo, sem falar nada, mas sabendo que, em poucos segundos, voltaremos à vida de fora de nós mesmas.

O quarto

"Deita no meu peito um pouquinho", estica as mãos, carinhosa. "Vai amassar meu cabelo, depois fica horroroso, e eu, intratável." "E abraçar, posso?" "Pode", respondo melosa, fazendo voz sexy. "Que jeito de falar é esse?" "Nasci sensual, fazer o quê?" E faço caras e bocas sabendo que faz parte do jogo de sedução a brincadeirinha sexy fake, a breguice das fantasias dos filmes pornô. "Você sabe que é gostosa, né? Adoro te olhar, o movimento do seu corpo, da sua bunda, adoro a sua bunda. Tenho o maior tesão aqui... nessa curva", encara o púbis enquanto percorre, com os dedos longos, a parte superior das minhas coxas acariciando os pelos, "que delícia", e encosta o rosto quente (ela é sempre quente, as mãos, as costas, os braços), o rosto queimando, mergulha devagar a boca, meu deus que boca. "Não... meu cabelo... você sempre consegue o que quer." "Não vamos brigar nunca mais", e os lábios me roçando e a língua entrando, "não vamos brigar, juro", ela sussurra, e afunda de novo, entregue, inteira, "dá pra mim, dá", a fala sai como a de uma atriz que sabe tão bem o papel que já se confunde com a personagem. Ela diz o que quero ouvir na hora em que quero ouvir, "dá pra mim, dá". Ela sabe como me excita e eu suspiro ofegante que dou, que dou, que dou, e a língua que fala é a que lambe, que chupa, que encharca, que engole, que me segura ao mesmo tempo que pode me fazer voar, sair desta prisão de carne e osso. Ela sabe que é deus, que me tem toda numa gota, na boca. E justamente por isso é minha escrava, está ali unicamente para me dar prazer e prolonga ao máximo esse momento que antecede a explosão para que eu me perca de mim sabendo que, ao retornar, ela vai estar ali, ela vai estar sempre ali. Me entrego. Ela sobe lentamente e cai a cabeça no meu peito. Não sou egoísta, não sou a mimada que tem tudo fácil, as palavras saem-lhe pelos olhos, que vão se molhando rapidamente, inundando as pálpebras. São eles que pedem ajuda. Ela é a pessoa (mulher, homem, criança ou velho) que conheço que mais chora. Chora como naqueles desenhos animados em que as lágrimas saltam como chuva. E sobe o rosto para eu beber o líquido salgado que brota como de uma mina. Como tem cílios longos, as sobrancelhas também ficam salgadas e eu, cuidadosamente, lambo esses pelos. E depois nos beijamos, sem sofreguidão, sem a angústia do fim, nos beijamos sabendo que podemos nos beijar sempre. Por que não podemos viver como esse beijo, me pergunto, sem a espera constante do fim? E como em todo o momento em que estamos entregues, trocamos juras eternas típicas de folhetim, cheias de eu te amo, vou ser sua para sempre, nada vai nos separar, nascemos uma para a outra. Confesso que, nessas horas, o lugar-comum é realmente verdadeiro. E se as frases cabem em qualquer romance de quinta pouco importa. Não agora. Talvez mais tarde fique horas procurando a melhor maneira de descrever o que sinto quando estou ao lado dela, logo depois de fazer amor, sabendo que jamais conseguirei, jamais, expressar o que acontece. Encontrar a palavra. Mas por que diabos é tão importante encontrar a palavra? Não consigo relaxar nunca.

Ela parece que lê meus pensamentos, "você não consegue relaxar nunca? Tá franzindo a sobrancelha", levanta os dedos e toca na minha testa, mas eu não consigo dizer nada, nem que estava justamente pensando em como não consigo dizer como estou feliz por estar ali com ela. Que eu queria ficar assim para sempre, mas a angústia de saber que não existe eternidade me impede de aproveitar o presente. "É fome", respondo, "estava pensando que não tem nada pronto pra comer", e sorrio na tentativa de recuperar um instante já passado. Ela diz para eu não me mexer, que ela vai preparar um banquete. "E o jogo? Assiste que eu vou...", mas ela me corta com um beijo e sai pulando da cama. E eu ligo a tevê pensando que é melhor me concentrar naquela partida e deixar a vida rolar que nem a bola no gramado. Não demora muito e ela volta com uma bandeja calórica, presunto cru, queijo gouda, esfirrinhas, pão italiano, pepinos salgados, chocolate e uma cerveja, "a única", ela sublinha. "Vou ficar uma baleia, não corro como você", murmuro cheia de apetite. "Para com isso", responde me beijando. "Existe coisa mais deliciosa? Comer na cama, no meio da tarde, só coisa gostosa, nada de folha, fruta, legumes", e eu finjo que presto atenção, mas só tenho olhos mesmo para os movimentos da boca dela, para a cor dos lábios, para o jeito como mastiga. Adoro a maneira como ela come. Voraz como se fosse a primeira e a última vez. E peço a deus que seja sempre assim, que a gente não brigue mais, que eu consiga entender essa mulher porque só perto dela me sinto viva. E me dá muito medo porque sei que mais cedo ou mais tarde algo vai acontecer, uma coisa aparentemente sem importância, um problema cotidiano, mas que será o estopim para mais uma explosão. E o motivo detonador logo ficará em segundo plano e virão à tona todos os medos, traumas, desilusões de histórias passadas. Por mais que eu tenha gozado forte, fundo, e agora tudo pareça calmo, com a comida na bandeja em frente à tevê, não dá para esquecer a briga da manhã, a discussão no banho, não dá para passar uma esponja só porque ela não gosta de tocar em certos assuntos e eu sei que, se retomar a pergunta que detonou tudo, vou mexer no vulcão, mas eu estou disposta a me queimar, a sentir a lava grossa e quente, mais do que a viver na expectativa de uma erupção repentina. E, como quem não quer nada, pergunto, entre um pepino e um pedaço de queijo, "sua mãe ligou pra quê?" E, contrariando a expectativa, ela responde, entregue, desprotegida, vencida, "falar sobre o aniversário no próximo domingo". "E ela me convidou?", minha voz sai cortante, feito flecha. "Está implícito", a dela sai mansa, feito onda. "Eu quero saber se ela me convidou, se ela disse, com todas as letras, traz..." "Não", ela atropela, "não, porque nem eu, que sou filha, fui explicitamente convidada." "Então, ela ligou pra quê?" "Pra comunicar o nome do restaurante onde vai estar a partir da uma da tarde", lança rápido em jeito de conclusão. Mas eu não quero o fim da partida. Continuo. "Só você não percebe, ela quer me atingir! É de propósito. É só para eu me sentir excluída." "E eu é que sou infantil? Não quero discutir", mas eu estou surda e saio metralhando "me sinto como um alvo, bem escolhido, no meio de um descampado, sem moita ou o que quer que seja pra me esconder. Não foi pra viver assim que eu larguei tudo! Minha casa, meu trabalho, minha família, minha cidade." "E D.? (Ela se recusa a dizer o nome.) Você sente culpa ou arrependimento?" Emudeço. Ela segura meu rosto entre as mãos levemente mornas, "é tão mais fácil passar a bola, descarregar na minha mãe. Você se esquece que ela já existia muito antes de você surgir na minha vida? Adoraria poder te dizer que você tem essa força toda, de fazer minha mãe me tratar dessa maneira só pra te atingir. Mas eu estou com ela desde o útero. Chega de ser vítima o tempo todo, não vê que é um desperdício de vida? Que merda acontece nesta tua cabeça que eu não consigo entrar aí?", cutuca meu peito com o indicador, "e que tudo é esse que você largou? Se você está aqui hoje foi porque eu tive coragem pra terminar meu casamento", as palavras voam como cuspe na minha cara, "tudo bem, você vai dizer que não eram os seus dez anos, mas eram quatro e eu sei o quanto foi difícil, mas não podia continuar com uma pessoa que não amava enquanto você me fez uma estúpida proposta de sermos amantes, lembra? E eu não podia nem pensar na ideia de você dormindo com outra pessoa depois de me encontrar à tarde, ou de manhã, ou à noite, sei lá, e voltar pra casa e, da mesma forma, eu deitar na cama com outra pessoa depois de fazer amor com você. E eu jamais ousei sequer pensar em qualquer proposta do gênero da que você me fez." "Você nunca vai me perdoar, não é? Uma proposta estúpida, reconheço, absurda, porque eu também não conseguiria voltar pra casa e encontrar D. (também não pronuncio o nome)", mas ela me corta e emenda "me lembro como se fosse hoje, uma quinta-feira, final de tarde, te liguei pra dizer que estava livre, que tinha terminado tudo, que T. (ela também não pronuncia) ia embora. Ou você vinha inteira ou não vinha". "E eu, o que eu fiz?", agora é minha vez, "em quarenta minutos pus um ponto final numa relação de dez anos." "Escuta", ela retruca em tom conciliador, "por que afinal estamos discutindo? Por que raios estamos sempre discutindo?" E eu, que sempre tenho a língua engatilhada, pronta para revidar qualquer tiro de letras, fico sem resposta. Um tímido "não sei" resvala pelos lábios, "acho que... não sei, me rendo, sou um pé no saco, vivo te enchendo, trégua, desculpa, você não tem nada a ver com esse meu ranço", e continuo num sem-fim de explicações até ela me interromper com os dedos nos lábios, "vem cá, me dá um beijo".

A cozinha

Entro com a bandeja, os farelos de pão caindo pelos cantos. Enquanto lavo os pratos, copos, penso, como se em algum momento conseguisse deixar de o fazer, em como eu, que me acho tão sensível, inteligente, et cetera, me prendo à história da mãe, de como martelo, principalmente quando estamos num momento agradável, essa estúpida repetição de "sua mãe não gosta de mim, sua mãe te sufoca, sua mãe não quer te ver feliz, sua mãe é preconceituosa" e, a água adormecendo meus dedos, "sua mãe te quer só pra ela". "Sua mãe não tem nada a ver com isso", eu deveria ter coragem para gritar. Eu é que estou nos boicotando. Eu é que não estou suportando a possibilidade de dar certo. O amor é uma coisa estranha, deliciosa e insuportável. Os meses em que vivemos separadas, cada uma em sua cidade, foram pontuados de esperas, deliciosas e insuportáveis. A sexta-feira era feita de minutos horas cronometrados no relógio da mente. Ela vai chegar, ela vai chegar. E já na noite de quinta me preparava para o idílio do dia seguinte. Ritual que cumpria com rígida disciplina como se, daquela perfeita execução, dependesse toda a minha vida, mais precisamente os dois dias seguintes. Acordava duas horas mais cedo do que o habitual e ia ao supermercado comprar frutas frescas, cereais, leite, espumante, depois pegava a vespa e costurava entre os carros até aquela padaria cara aonde não ia por mim, mas que por ela se tornava o mais prazeroso dos sacrifícios. Pão de sete grãos, croissant, dois ou três tipos de queijo, presunto cru ou pastrami, caponata, algum doce, chocolate, mais isso, mais aquilo. E ali começava a degustação do meu fim de semana. Cada uma das iguarias seria apreciada com voracidade entre risos, mordidas, beijos longos. Depois, passar na academia, malhar cinquenta minutos, suar bastante e mergulhar num banho de cuidados e detalhes, depilar pernas, axilas, virilha. Máscara no cabelo, no rosto. A roupa escolhida de véspera e sair para o trabalho. Sem concentração, com os minutos horas se estendendo a cada segundo. Até virar noite e eu voar para o aeroporto e estacionar esbaforida e, num pique de maratonista, disparar até o saguão para estar ali antes dela. Sinto os braços dela me abraçando por trás, "você vai ficar na cozinha a tarde toda?", pergunta com os cílios longos beijando minha bochecha. Fecho a torneira enquanto falo que estava lembrando do tempo em que estávamos cada uma em sua cidade e que a vida da gente era alimentada pela espera, e que pensar que estávamos juntas agora, numa quarta-feira, de folga, me fazia questionar como pudemos viver tanto tempo separadas, que hoje seria impossível imaginar o tempo voltando, que eu não conseguiria mais viver daquele jeito, que era muita angústia. Mas, enquanto falo, os pensamentos mergulham e apontam o fundo mostrando que as palavras que saem da minha boca não expressam exatamente o que eu estava sentindo naqueles minutos feitos de lembrança, porque eu não estava sentindo nenhum aperto enquanto lembrava, estava sentindo era saudade, não aquela de voltar no tempo, mas aquela que é tijolo na construção do passado. Mas, no momento em que tento verbalizar (sempre as malditas palavras), a saudade é imprevistamente substituída por angústia. O amor é uma coisa estranha, deliciosa e insuportável. E não posso mais voltar a ser como antes porque meu corpo já foi marcado. O amor traz mudanças físicas, externas e internas. Parece que as rugas mudam de lugar e mesmo as olheiras de uma noite insone incrementam a beleza do rosto. Isso tudo porque a mulher que agora me abraça diz, quando acordo, quando atravesso o dia, quando vou dormir, que sou a mais linda, a mais inteligente, a mais et cetera et cetera. Só a opinião dela me interessa. Até os três quilos extras que se recusam a abandonar meu corpo deixaram de incomodar. E, quando as brigas explodem como hoje pela manhã, as vísceras dão o sinal de que também aqui dentro tudo mudou. Do nada ressurge a asma de quando eu era criança, a cortar o ar. Meus pulmões fazem greve ao mais remoto sinal de alteração. Também quando brigo, passo a acreditar em deus e peço para morrer, para esta existência medíocre acabar de forma rápida e indolor. Mas ao mesmo tempo que grito por algo que me reduza a pó, e ao que sinto por ela a poeira, também imploro para que nada aconteça a nenhuma de nós. E olho o calendário na porta da geladeira para ver que dia é esta quarta-feira, e olho para ela, que guarda a louça como se segurasse um bebê, imaginando se ela se lembra onde estava neste mesmo dia nos anos passados porque eu só consigo sentir ciúme de pensar que ela existia e estava com outra pessoa que não era eu. "Quer café?", ela pergunta. "Quero", e serve para as duas. Depois desliga a cafeteira. E eu, os pensamentos.

O terraço

As torres, para onde quer que eu olhe, as torres me avisam que estou em São Paulo. Bem lá no fundo a Serra da Cantareira mancha de verde a tarde cinzenta. O frio chegou sem piedade, não quer saber quem são os novos habitantes da cidade, se vão acostumar-se com o vento cortante, se vão ficar deprimidos com o céu de gelo, se vão sufocar nas nuvens de gás carbônico, ou se vão simplesmente ligar o aquecedor e esperar debaixo das cobertas o inverno passar. Os falos metálicos me antenam com o presente, mas o passado não deixa de espetar, como se eu fosse um rato de laboratório levando pequenas descargas elétricas para me descondicionar. O passado é um vício. Meu vício. E aqui estou eu encostando a patinha para levar mais um choque. Os dez anos com D. foram pulverizados, a imagem é essa mesmo. Pulverização, anos reduzidos a pó, em minutos. Implodidos. Aniquilados. Jamais serei perdoada. Neste menos de um ano, só vi D. uma vez, num aeroporto, eu chegando, D. partindo. Sorri, me aproximei. Nenhuma empatia, soltou apenas um curto "estão chamando meu voo" e caminhou para o embarque sem virar para trás. Meu deus, quis gritar, não se joga fora uma década! Como pude ficar dez anos da minha vida com um ser tão rancoroso? A quantidade de amor é proporcional à de ódio? O olhar injetado em meus olhos naquele saguão eu não vou esquecer. Mas talvez precisasse, para conseguir viver minha história. Aqui de cima, tudo parece realmente pequeno e simples. Basta subir no parapeito e voar no espaço. O cemitério está cheio de pessoas insubstituíveis.

E daqui a um ano vou ser apenas uma foto num porta-retratos e daqui a dez, as beiradas já gastas, vou para dentro do armário junto às tantas outras fotografias que fazem parte do passado dela. Não sei o que se passa comigo. Pensamentos moribundos nublam minha cabeça devagar e com persistência. E de novo olho para a imensidão de concreto e vejo como tudo é pequeno e grandioso ao mesmo tempo. Sei que estou perseguindo o fim, o tempo todo, porque a culpa de sentir felicidade, de viver plenamente um momento, é maior do que o prazer que possa efetivamente ter. Ela não tem nada a ver com isso. E muito menos a mãe dela, ou a pesquisa que não evolui, mesmo com a verba aprovada. O tempo passando e nem uma linha sequer. É preciso nascer novamente, reaprender a falar, a agir, a pensar. Porque é mais forte do que eu. Na vida com D., eu conseguia varar madrugadas trabalhando, dormir quatro, cinco horas e acordar inteira para uma caminhada ou pedalada. Era dona do meu tempo porque conseguia me concentrar só no que queria. Os projetos saíam e, entre um e outro, me conformava que D. era minha cara-metade. Afinal, sempre adivinhava o que eu queria, o que eu temia, o que me animava, o que me dava segurança, isso e aquilo mais. Sabia tudo e fazia tudo e resolvia tudo. E eu mergulhava nas minhas ideias porque tinha quem cuidasse da vida lá fora. Mas no fundo acreditava que o universo tinha uma dívida comigo. Achava que deus ou o que quer que seja que colocou a gente por aqui estava me devendo aquela sensação de querer apenas um dia após o outro, de deixar o pensamento navegar sem rumo, evitando os portos. O amor de paixão avassaladora, respiração rápida, ansiedade para ver, ciúme da sombra, espera de mensagem ou ligação, essa era a dívida. E a dívida foi paga. Não em suaves prestações, mas de uma bolada só e de uma hora para a outra. Ela foi minha loteria e não sei o que fazer. Estou longe do ancoradouro. Ela: um barco no meio do oceano. Eu: um náufrago que ora dá braçadas na direção do barco ora foge dele atrás de um cais, de um pedaço de terra, de um chão para pisar. E não posso pedir mais nada porque a dívida já foi paga. A respiração já acelerou, o ciúme já se apossou et cetera et cetera. Só o dia é que não consegue ser um depois do outro. Agora é pior, é um antes do outro: será que amanhã ela vai estar aqui? Será que vamos ter a derradeira briga e ela vai embora? Ou vou eu embora porque a casa é dela? Isso é amor, angústia ou medo? E que diferença faz se é um ou outro? Não sei nomear o que sinto em chinês ou em qualquer língua distante, mas o sentir é o mesmo. Sentimento não tem nome, ou tem o nome que a gente quiser. Preciso falar com ela. Eu a amo, amo, amo. Preciso repetir para mim mesma esse eu amo, aceitar que não há volta. Ela já vive em mim. E preciso aceitar também que existe essa outra pessoa me dividindo. Essa é a loucura do amor. Vencer o egoísmo do eu e eu, permitir a invasão da privacidade. De uma hora para a outra, até os pensamentos são invadidos pelo outro, ou melhor, o outro está em todos os pensamentos. E se chega a noite e ela não tem sono, o meu também foge porque não consigo dormir se ela não dorme. Se algum mal súbito, dor de cabeça, dente ou cólica toma conta dela, a mim chegam instantaneamente as lembranças de dores gêmeas para dessa forma tentar apaziguar o que ela sente, "eu sei como é" ou "calma, vai passar logo, sabe, uma vez quando eu tinha tantos anos tive uma dor assim", e por aí vai a tentativa de afastar dela qualquer possibilidade de sofrimento. Então, que merda, por que não conseguimos levar uma vida tranquila? Por que não podemos ser como nossos vizinhos? Quando estava com D., era como os vizinhos. Quantas noites não dormimos em casas separadas? E quantas e quantas noites dormimos sob o mesmo teto em quartos separados? Era comum fazermos amor e nos separarmos no início da madrugada. Eu gostava de ler um pouco, zapear a tevê, assistir a programas trash. A sessão mundo cão era o paradoxo relaxante e, entre alucinados *o senhor me salvou* e *deus me mostrou o caminho da luz*, tombava a cabeça e fechava os olhos lentamente. No fundo, eu queira a noite só para mim, dizia "vai descansar, estou sem sono, você tem que levantar cedo", mas era mentira. Eu queria mesmo era ficar sozinha. Desde pequena sempre tive dificuldade para dormir e, quando começava a escurecer, ficava ansiosa porque, se o sono não viesse, eu teria de correr para a cama dos meus pais e era tão humilhante como usar fraldas e chupeta. Minha mãe me embalava com histórias que espantavam o medo e acolhiam o cansaço. Aprendi que deitar a cabeça no travesseiro e esperar adormecer era um ritual que não podia ser interrompido ou atrapalhado por quem quer que fosse. D. sempre soube disso e nunca desrespeitou os limites por mim impostos. Nunca assumimos o morar junto, era cada qual com seu canto, o modelito de casamento moderno eu vestia direitinho. Por D., estaríamos numa só casa desde o primeiro mês. Isso D. também não perdoa. E eu agora compreendo D., porque não posso mais me imaginar na cama sozinha, sem a mulher que está lá embaixo, como pude achar que a noite era só minha? Preciso falar com ela. Agora, neste momento. Dizer que vou parar com este martírio, vou deixar as coisas acontecerem, aceitar a vida. Meu peito se abre e tenho vontade de gritar para São Paulo que eu vou conseguir! Que as coisas não precisam ser complicadas. Que o mais difícil já foi: encontrá-la. Pois que eu a deixe me encontrar também.

A sala

Desço a escada correndo como se quisesse chegar na frente do tempo, como se fosse possível ultrapassar tudo que havia sido dito ou vivido entre nós. E grito o nome dela do fundo, inteiro, com todas as letras, a primeira palavra de uma nova língua, o começo de tudo. Um filete dourado mancha a parede da sala, o sol sempre brilha atrás das nuvens cinzentas, li isso em algum lugar da infância, "vem ver que lindo", chamo mais uma vez. Daqui a pouco é noite e os raios que insistiram em se esconder o dia inteiro chegam para anunciar que a jornada acabou e me enchem daquele romantismo que quer mudar o final de Romeu e Julieta. Isso tudo não deve ter durado nem dez segundos, o tempo de ela sair da cozinha e entrar espumando ódio, chutando a poltrona que ela mesma tinha colocado ali. "Droga de banheiro! Que merda. O vizinho, o maldito vizinho, quero que ele se foda, que fique impotente, que vá para a China... E você, merda, com esse seu tá indo, o arquiteto é competente, o encanador trocou tudo, o pedreiro aquilo outro e a porra do teto do homem não seca e ele liga aqui, liga no escritório, bipa sem parar, e eu digo tá indo, o arquiteto é competente, o arquiteto disse que trocou tudo e", corto aquele jorro com um "calma, ele é histérico, você sabe disso, vai demorar um mês, até mais pra secar, não há nada pra fazer e além do mais nós estamos sendo mais prejudicadas porque é o nosso banheiro que tá detonado, não o dele", e continuo numa falsa tentativa de serenidade, "você foi a primeira a me acalmar, a dizer que a obra era necessária, e que afinal tínhamos mais dois banheiros em casa, e erámos só nós, sem criança ou hóspedes, e que a gente quase", mas não adianta falar nada. "Ignora o vizinho", sussurro, mas ela, cega, não tem ouvidos e vai me arrastando pelo braço até o maldito banheiro do quarto.

O corredor

Desde pequena, minha parte preferida da casa era o corredor. Costumava fechar os olhos e caminhar tateando as paredes. Me imaginava numa estrada cheia de portas, cada uma delas carregava uma vida, e eu tinha o poder de escolher em qual delas entrar. Agora, com ela à frente, vejo as portas, mas não tenho opção. Ela me conduz ao inferno gritando "chega, chega, tudo que você acabou de falar é da boca pra fora, desde que começou a quebradeira você me culpa de não estar nem aí pra obra, de estar empurrando com a barriga, você gosta de dizer que eu empurro tudo com a barriga. E agora, justamente agora, decidiu ser light? Resolveu pensar que a vida corre em paralelo à reforma do banheiro?", ela berra, mas eu só consigo enxergar o corredor que parece não ter fim, estamos andando em câmera lenta como num filme, como num filme dentro de um sonho e a porta do banheiro, ao fundo, vai crescendo, em proporção geométrica, dois ao quadrado, quatro ao cubo, oito à quarta, dezesseis à e há tantas outras entradas, por que ela não quebra à esquerda e cai no outro banheiro, ou mais à frente, no escritório, ou volta para a cozinha ou para a sala ou sobe para o terraço, afinal, esta casa é grande demais e o corredor mostra tantas saídas e a porta do nosso quarto aberta, a última etapa para aquele fim que ela já tem definido, me apego ao desvio, o derradeiro, basta um lance de olhos para perceber a cama, antes só dela, agora nossa. Se ela conseguisse ver que tudo vai mudar, abstraía daquela última porta e escorregava naquela cama me levando junto. Vamos conversar, esquece o banheiro, por favor, eu amo você, e as palavras saem pelos olhos porque os sons de nada adiantam agora e nosso diálogo sem verbo é como um duelo de espadachins em que um, no caso eu, perde a espada, e o outro, sem piedade, no caso ela, fere com a lança da resposta de que não há o que conversar, que o banheiro existe ali, bem à nossa frente, e que a porta fechada não camufla o problema, que foi preciso trocar todos os canos, ralos, registros e mesmo assim a água não seca. Onde está o vazamento? De onde escorre o aguaceiro? E ela abre a porta e me joga lá dentro, o banheiro sem chuveiro, pia, privada, armário, bidê, só espelho, chão frio e nós... a imagem de nós... e de nossos nós, refletidos naquele espelho, único resquício de que ali havia existido um banheiro.

O banheiro do quarto

Não há como fugir daquela imagem que tem minha casca. O corpo é meu, a roupa, o rosto também. Ela me obriga a olhar para a pessoa que sou ali, refletida. "Olha, essa é você, e essa aqui", esparrama a mão na própria cara, "sou eu. Muito prazer", dirige-se a si mesma numa conversa com o espelho que vai se cobrindo de gotas de saliva à medida que as palavras são cuspidas. Tento pescar um olhar dela, um relance, mas ela não desvia o foco nem por um segundo e repete "muito prazer, então você aí que eu vejo agora sou eu?", e volta-se para mim, "desde que você chegou, eu vivo em alerta, preocupada em tentar descobrir suas reações, o tempo todo me policiando, tudo que falo pode ter dupla interpretação, é como se você estivesse sempre jogando contra", e me encara, a desgraçada entra em mim através do espelho, ela sabe como me ferir, ela sabe, e dá o bote, as palavras queimam meu rosto, "você me adoece, me adoece". Ela está por trás, segura os meus braços e fixa a cabeça do lado da minha, é mais alta, mas não muito, o que faz com que meu cabelo se torne uma espécie de barba dela. O olho bala ricocheteia no espelho e crava dentro do meu como um eco das palavras ditas com crueldade, mais do que com temor, "será que você vai finalmente se realizar cuidando de mim doente? Será que a reforma do maldito banheiro vai pro espaço por causa do barulho que vai incomodar o seu amorzinho?", e esmurra o peito como se fosse um tambor, e bate a cabeça na parede e, e... e aquilo vai subindo, subindo, subindo até que eu vomito um CHEGA. Vindo do estômago, "CHEGA, eu não quero mais você, sua louca. Sai da minha frente. Eu te adoeço? O que significa isso? Em bom português, eu te adoeço e você me adoece. Não me coloque no meio da tua loucura. CHEGA, abre essa porta que eu quero sair. Me deixa sair", mas ela finge que não escuta ou quem sabe não escuta mesmo e continua a vomitar agressões, e o que mais me irrita é o tom irônico com que empurra a avalanche de insultos, "agora estressou, dona zen? Quer voltar pra vidinha pacata, com D. resolve-tudo?" "Escuta, que parte você não está entendendo? Eu disse CHEGA! Abre essa porta agora, eu não quero mais, você diz que me ama e que eu te adoeço? Você já era doente, e D. não tem nada a ver com isso." "D., sempre D., você não percebe que D. te colocou numa redoma? E que eu estou o tempo todo tentando quebrar o vidro, mas você não ajuda? Covarde!" "Abre a porta, senão eu vou começar a gritar, acaba logo com essa palhaçada." "Você me enlouquece, você é ruim", e lá está ela de novo menina chorando encolhida num canto, a chuva de fluidos, lágrimas, suor, saliva, misturados com o "ruim" que sai aos solavancos, como se ela quisesse dar o real sentido nocivo à palavra banalizada no cotidiano, o tempo está ruim, a comida está ruim, o filme é ruim... E eu tenho neste exato momento o poder de mudar tudo, aliás era o que havia me proposto ainda no terraço, mas não consigo porque, ao mesmo tempo que quero cair no chão e abraçá-la, adoro o cheiro dela, algo aqui dentro trava e me faz pensar que se eu ceder é sinal de que concordo com ela. Ela, que me joga na cara que lhe faço mal. Ela, que me joga na cara que durante dez anos não vivi. Ela não tem o direito de me ofender e achar que vai ficar tudo bem só porque está chorando como um bebê. "Dá a chave, eu preciso sair." E ela levanta, abre a porta e passa sem me olhar. Ainda fico alguns instantes pensando se a vida da gente seria outra se a obra do banheiro não existisse, se nunca tivesse havido a infiltração, ou se o problema já estivesse resolvido, mas não é preciso ir fundo para constatar que todo o resto ia continuar no mundo e que a única saída era não existir eu para ela, ela para mim, como antes.

O escritório

"Amor não é suficiente", ela solta no instante em que passo pela porta do escritório. Está sentada no chão, de costas. Me adivinha pelo cheiro, penso. As fotografias espalhadas formam uma espécie de quebra-cabeça que ela monta seguindo uma lógica anacrônica. São fotos minhas, dezenas de fotos, de agora, de dez anos, de trinta anos. "Adoro esta", ela aponta para um retrato mais amarelo que preto e branco. "Devia ter uns seis anos, por aí, foi a primeira vez que fiquei sozinha com meus avós, sem meus pais, ou irmãos." É incrível como consigo lembrar daquele momento. Muitas cenas da infância foram apagadas, mas aquela não. Um misto de medo da liberdade e coragem da solidão. "O primeiro dia foi maravilhoso, me senti independente, sem hora pra tomar banho, comer, aliás podia comer o que queria, diferente de quando estava em casa. Meus avós me mimavam, é claro, neta caçula tem seus privilégios. Mas quando foi chegando a noite e o sono não vinha", me calo porque afinal ela já escutou a história um milhão de vezes. "Continua", ela deixa escapar, de costas para mim. "Já contei um milhão de vezes, você já sabe de cor", e ela vira o pescoço o suficiente para eu lhe ver o perfil, a levíssima curvatura na parte superior do nariz, e pede "eu gosto de ouvir você contar", a voz mansa como se nunca tivesse existido a cena horrorosa do banheiro há pouco, ou a discussão da manhã, ou um ontem, um anteontem, como se fôssemos um casal de apaixonados que acaba de se conhecer. Ela articula como quem saboreia um "gosto de te imaginar pequena, ouvindo a história do tempo, ansiosa por um final, continua, por favor". Não faço corpo mole porque também adoro a lembrança daquele instante da infância. "Então minha vó foi me dar um beijo de boa noite e eu pra variar estava sem sono e disse pra ela que achava que dormir era uma perda de tempo já que podia estar brincando, desenhando, conversando, ao invés de deitar no travesseiro e fechar os olhos, uma série de desculpas pro meu medo de dormir, de me desligar do mundo. E ela, tão diferente da minha mãe e do meu pai, resolveu me contar uma historinha", sento um pouco atrás e ela cai a cabeça nas minhas pernas e me fita, para logo transferir o olhar da mulher que sou hoje para a criança que eu era e eu enterro os dedos nas mechas desalinhadas no meu colo enquanto tento me encontrar no papel amarelado que as mãos dela acolhem, e continuo "a historinha do tempo. Cada um de nós, dizia minha avó, quando está dentro da barriga da mãe, ganha um saquinho cheio de tempo. Na hora que nasce, o saco se rompe num minúsculo ponto. E aí começa a aventura na Terra. A tarefa mais difícil é encontrar o furo, depois é só colocar o dedo para não deixar o tempo escoar. Eu, é claro, queria saber o que a tal história tinha a ver com o sono e fui logo dizendo que quem dormia muito perdia tempo porque era preciso estar acordado para procurar o furinho e ela, tão sabiamente, respondeu que o segredo estava justamente em dormir muitas horas porque durante o sono era possível sonhar e os sonhos é que indicavam o caminho". "E você não acha que ela tinha toda a razão?", ela me interrompe, e quando baixo os olhos não consigo deixar de pensar que ela deitada no meu colo é a mesma que há minutos espumava ódio, e que meu sonho era justamente estar aqui com ela e parar o tempo, mas a realidade deste sonho se transformou num pesadelo. "Acho uma bobagem, coisa de criança", respondo reticente, sabendo que não sou eu quem falo, que no fundo gosto da historinha porque me remete a um momento bom da vida, a uma noite bem-dormida, de olhos fechados sem ansiedade, e quem tem insônia sabe bem como as noites bem-dormidas são difíceis de esquecer, assim como as farpas lascadas das brigas, e pergunto seca "o que você quis dizer com amor não é suficiente?". Ela arma o olhar de sentinela na volta do descanso (pronto, fim da trégua, hora de retomar a batalha) e responde "exatamente isso: amor não é suficiente. Tem que ter respeito, vontade de estar junto, prazer em estar junto. Eu amo você. Mas não adianta a gente dizer que ama, que adora, se a convivência se torna um desespero". Interrompo o fluxo com um "eu é que não entendo. Você disse que eu te adoeço. Que jeito de amar é esse?", ao que ela desvia o olhar, fita o teto, e devolve-o para dentro do meu, "lembra quando a gente se conheceu? Você me falou que tinha muito medo do que estava sentindo porque, quando estava com D., tinha a impressão de que faltava algo e que comigo esse algo estava sendo preenchido, lembra?", só então deixa meu colo e senta com os braços jogados no chão, "lembra?" repete, e continua, "lembra também que você falou que isso te assustava porque tinha esperado tanto e agora vinha o medo de não ter mais o que esperar? A sensação de que a vida tinha cruzado a faixa de chegada? Pois não é bem assim", e se levanta num pulo, "agora é que está começando, e você tem o poder de decidir se entra nela ou não, eu não vou ser uma mera coadjuvante na sua história, não vou ficar ao seu bel-prazer, está na hora de você assumir alguma coisa nessa porra de vida", e sai, súbito, "preciso de um copo d'água". Também preciso.

A cozinha

Bebo do mesmo copo que ela. "Quer uma ameixa?", pergunta enquanto morde a fruta azeda, "um kiwi?", "não, uma maçã", e pego uma bem vermelha, mole de madura, e mordo-a sob o olhar de repúdio dela. "A gente pode brigar por tudo, menos por fruta... não sei como você consegue comer essa coisa quase podre", mas o jeito de falar é carinhoso, "acho que só nisso a gente é diferente... e dizer que os opostos se atraem... que besteira. T. era meu oposto e muitas vezes me batia aquela sensação de linha sem fim quando imaginava que o resto da vida pudesse ser passado com T. Aquele jeito de tudo bem, fulano tá atrasado só vinte minutos, não esquenta... uma série de coisas que me irritavam profundamente." "D. também", emendo, "toda vez que a gente ia ao cinema era um verdadeiro suplício! E fazia pra me irritar, tenho certeza, eu pedia para chegarmos meia hora antes, pra gente tomar um café, dar uma olhada na livraria", e ela me corta, "eu sei exatamente como é! T. era a mesma coisa. Pra que a pressa? Quer um café? Eu faço em casa. Me tirava do sério! E o pior era quando a gente chegava cedo e o cinema estava vazio depois de eu ter atazanado com todo tipo de ameaça se não conseguisse um bom lugar", e eu completo "igual a D.! Viu, pra que ficar histérica? O cinema tá vazio. Eu disse, esta tua ansiedade vai te matar! Eu podia estar fazendo não sei o quê em casa. E fechava a cara até o filme começar, pra não contar as diversas vezes em que sentamos em fileiras diferentes". Me aproximo dela num abraço gostoso, ela se aconchega e ri enquanto fala "eu já estava me conformando que a solução era encontrar formas de camuflar as minhas infinitas manias. Lembra a primeira vez que você dormiu aqui e pediu pra cobrir a luzinha do vídeo? E eu pensei quantas vezes fui chamada de neurótica porque aquele pisca-pisca vermelho me incomodava, mas T. insistia em dizer que eu tinha que parar com essa neura e eu não entendia por que simplesmente não deixava eu tampar a luz. E aí veio você e falou que aquilo te incomodava com tanta naturalidade". "E, no dia seguinte, quando fomos caminhar?", eu imediatamente lembro, "não saímos de casa antes de checar umas três vezes se o forno estava desligado! E, no meio do caminho, quando você perguntou, como quem não quer nada, se eu tinha certeza de ter fechado a porta? Eu percebi que tinha encontrado a pessoa da minha vida porque, com D., se eu perguntasse isso, logo respondia que eu estava obcecada, cheia de tocs, que eu não conseguia relaxar... e eu pensava que era preciso camuflar minhas manias, e ficava ainda mais tensa." E ela emenda "mas o que sempre me deixava apreensiva", e eu já sei exatamente o que ela vai falar e solto um "não... a teoria da boceta, não!", e ela balança a cabeça, muito séria, antes de repetir a tal teoria que ela acredita ser a chave da fidelidade e defende com tanto ardor. "Teoria da boceta ou teoria do pau, vale para homens e mulheres, héteros e gays. Se você imaginar que, o resto da vida, aquela boceta ou aquele pau será o último que você vai chupar, lamber, enfim, que vai te dar prazer, receber teu prazer, e que as outras e outros bilhões que estão vagando pelo mundo terão pra você o mesmo apelo sexual que um fígado, por exemplo, e isso não te angustiar, pelo contrário, te der vontade de viver intensamente, de gritar de felicidade, de trepar muito, é sinal de que você encontrou a sua pessoa! E me sinto assim com você, pela primeira e única vez na vida. Não me dá angústia imaginar que existem bilhões de bocetas no mundo porque a única que me faz sentir prazer, que me dá tesão é a sua. Sei que soa grosseiro reduzir uma pessoa a sexo... e sei que somos muito mais do que isso. Mas sem hipocrisia, não é o sexo que faz a gente ser mais do que amigas?!" E recebo a tal teoria como uma declaração de amor porque mexe com a minha vaidade, com meu ego, me excita a esdrúxula forma dela dizer que sou a única mulher do mundo, e ela continua com um "é sério, eu poderia ser mais racional, e menos vulgar, falando que quero estar ao seu lado porque você não estranha minhas manias, não zomba se quero ver filmes do Macaulay Culkin, compartilha a larica de chocolate, entra numa viagem com a mesma empolgação seja o destino Berlim, Jalapão ou Guarujá, é divertida, é inteligente. E é tudo isso e mais essa absurda atração, a vontade de você, da sua voz, da sua pele, seu corpo, sempre, sempre", ela repete, "e eu não tô sabendo como administrar essa coisa aqui dentro que está cada dia mais forte. Eu amo você e quero você por todos os motivos e sem nenhum motivo. Está sendo difícil encarar isso porque foge do meu controle e eu não quero mais ter controle". E eu a beijo com tanta vontade que ela se larga na minha boca e me deixa conduzir a cena.

A sala

A noite inunda a sala para onde a levo pela mão. Parece que não temos mais forças (ou será que estamos guardando as últimas?) para um novo ataque. As brigas começam e terminam sem saber por que chegaram ou como se foram e atingem um grau tal de insensatez que só é possível suportar se imaginarmos que brigamos, cada uma, consigo mesma. A vida tem sido confusa desde que me vi amada, amando, e não consigo parar de pensar que tudo vai acabar porque é assim com tudo que é bom. Como se dosa o amor? E se ele não é suficiente, como ela disse, será ele necessário ou mesmo fundamental para afastar a onipotência de que eu só preciso de mim, que a história é minha, nunca nossa? Depois do que sinto por ela não há como não sentir, não há mais o que esperar, não há madrugada à procura de estrelas, não há expectativa de esbarrão na rua, não há sonho acordado com livro no peito ou filme na tela, ela está aqui. Não posso mais ser deus e estar acima de todas as coisas que agradam ou incomodam, nem escolher o momento em que quero trabalhar, namorar ou apenas relaxar. E ela coloca nossa música e me puxa para dançar colada. "Quando eu soube que não podia ter filhos, doeu muito, muito mesmo." Passo a mão no rosto dela e sinto o maxilar trincado, a voz atravessa os dentes cerrados, "e doeu mais ainda porque eu nunca tinha, no fundo, pensado em ter filhos, sempre fui muito segura nesta questão, tenho sobrinhos e, sinceramente, não queria ter responsabilidade sobre alguém que um dia poderia ser como eu sou com meus pais, enfim, nunca quis filhos e pronto", e eu a fito com olhos de quem diz continua, e ela obedece, "sempre achei idiota essa coisa de deixar herdeiros que levassem meu nome, uma continuação da família, um pedaço de mim, me achava muito egoísta pra ter um filho e muito egoísmo querer ter um filho se eu mesma ainda procurava o meu espaço na Terra. Mas T. insistiu tanto que logo eu estava me olhando de perfil no espelho e encantada com a ideia de engravidar, mas aí vieram os exames e a descoberta de uma malformação na cavidade uterina, eu dificilmente seguraria um bebê, teria uma gestação tensa, não era o que eu sonhava", e enquanto ela fala dançamos abraçadas e eu apenas escuto as palavras ritmadas pela respiração penetrando minha orelha esquerda, "eu passei a ver as coisas de forma diferente. A primeira reação foi partir para a adoção. Mas pra mim o problema era mais fundo. Afinal, eu não queria ter filhos por opção e não porque não podia. O que me incomodava era o fato de eu, que sempre me considerei um belo espécime, ter sido recusada pela natureza e não por livre-arbítrio", a música ainda toca, mas nós já paramos e estamos olhando uma para a outra, ela prossegue, "então, eu percebi que, se tudo iria acabar em mim, eu iria viver tudo o que é possível numa vida", e eu hesito, sem sarcasmo, "desculpe, mas esse papo de recusada pela natureza não combina com você", e ela baixa a cabeça, "Você não percebe? Você entrou na minha vida e bagunçou tudo, e voltei a pensar que nós, que com você eu poderia, deixa pra lá, é besteira, já passou". "Você quer dizer que comigo você chegou a pensar que poderia ter um filho? E já passou, é passado?", quero estancar a verborragia. Ela, perdida. "Não sei, não sei, você torce tudo que eu digo, não tem nada de passado, aliás é tudo muito presente. O tempo todo, intenso. Quando estávamos separadas, eu esperava por este momento, estar com você numa tarde qualquer da semana, sabendo que não teria que ir embora no dia seguinte, que poderíamos ficar de bobeira, sem ter que correr pra comer, pro cinema, pra ponte aérea. E de repente você está aqui e a tarde passou e a noite caiu e não conseguimos nos entender, mesmo sabendo que apesar de tudo é você que eu quero." "Apesar de tudo o quê?", explodo, "estou cansada de ouvir o tempo todo que *eu* tenho que mudar, que *eu* tenho que parar de fazer isso ou aquilo, que *eu* devia ser assim ou assado. Estou cheia dessas insinuações de que *eu* sou o problema! Você vive me criticando, D. vivia me criticando, por que diabos não me deixam em paz?! Estou cheia deste seu ar de senhora perfeição, estou sempre cercada por pessoas perfeitas", arremato irônica. E deixo a sala sem esperar resposta.

O banheiro

A vida apresentou a conta. A frase saiu numa mesa de bar de uma noite qualquer, chegou sem avisar, da boca de uma amiga que disse ter ouvido de uma amiga de uma amiga. Dita num daqueles momentos em que alguém expõe um problema que não queremos nunca que seja nosso porque qualquer das soluções é dolorosa, mas que ao mesmo tempo não temos muito saco para ouvir porque afinal não é nosso o problema e já temos muito com que nos preocupar. Lembro que na época balancei a cabeça na falta de reação melhor. E agora aquela frase me assalta. A conta veio e estou sem dinheiro, cartão, cheque. Estou só, a conta na mão e o garçom impaciente me fuzila com olhos, "não tenho o tempo todo do mundo pra esperar não, dona!", e viro para o lado e subitamente todo mundo desapareceu e a conta continua na minha mão. "Você precisa pagar a conta", agora é a voz da minha mãe que estala como um eco que vai engrossando à medida que a ele se juntam outras vozes. E aquele "você precisa pagar a conta" vai inchando meus ouvidos e não adianta tapá-los porque o som vem de dentro e reconheço no meio da algazarra o timbre dela, os erres roucos, e não entendo por que ela está do lado de lá, por que não me ajuda? Não consigo berrar, nem chorar, enfio a cabeça debaixo da água quente e deixo-a escorrer sentindo o couro cabeludo queimando. Não quero nunca mais sair do chuveiro. Não quero nunca mais abrir a boca para falar uma palavra sequer. Não quero saber de conta nenhuma. Não há nada melhor que tomar banho sem ter de passar shampoo ou sabonete. E posso ficar sentada até acabar toda a água quente, depois eu penso no que fazer. Agora só a cachoeira escorrendo pelo meu corpo pedra, se infiltrando pelas curvas e dobras sem que eu tenha de mostrar o caminho. Como eu gosto da água, não reclama, não pede para eu mudar, me aceita como eu sou e eu a aceito como ela é, passando pela minha vida e escoando pelo ralo levando um pouco de mim em cada gota, sem apresentar conta, sem fazer cobrança. A essa hora poderíamos estar no cinema ou deitadas assistindo a um filme ou tomando sorvete ou namorando lá em cima sob o céu de nuvens. Mas estou aqui e ela não sei onde, em algum lugar desta casa que apresenta, a cada instante, um novo abismo, nos colocando em opostos isolados. A minha vida inteira esperei por alguém que me fizesse gostar de acordar do lado. Ela apareceu e não consigo mais dormir. O tempo se esgota porque a água dá os primeiros sinais de que começa a ficar morna. E quando ficar gelada a ponto de eu tiritar vou ter de deixar o banheiro e não sei o que me espera lá fora. Estou ensaiando a saída desde o dia em que deslizei para o mundo. Meu pai costumava contar que não deu nem para fazer a raspagem, foi minha mãe deitar na maca, que eu vim. Deslizei no mundo. Tinha tanta vontade de sair que nem pensei como seria por aqui e estou até hoje ensaiando, alguns dias com mais paixão, outros com menos, mas estou sempre ensaiando minha estreia na vida. Sei que tudo está pronto: o figurino, o elenco, o cenário, o texto. Só falta o terceiro sinal para pedir que levantem as cortinas e eu possa finalmente entrar no palco. Eu a amo e ela me ama. Não é suficiente? E fecho as portas do corpo a cada briga. Estou só e vou perdê-la se deixar a última fresta cerrar. Mais do que isso, vou me perder. Estou sufocada, preciso de ar, minha respiração pesa, preciso de ar.

O corredor

O cabelo molhado escorre e faz a blusa grudar no corpo até a altura do sutiã. As costas úmidas são um atentado à asma. Sinto a respiração dela atrás de mim. Ela toca no meu ombro. "Preciso de ar, não sei onde está minha bombinha, você viu minha bombinha?", digo, já em agonia, pois o simples fato de não saber onde está o remédio desencadeia a crise. "Tá no quarto, respira fundo que eu vou pegar", e ela volta em seguida com o tubo sagrado. Estamos no meio do corredor, de novo as tantas portas e agora a última é a que leva à rua. "Preciso de ar", inalo, "estou sufocando, não aguento mais, não posso mais", estou ofegante, parece que o ar não volta. "Tira essa blusa molhada... vem deitar um pouco", ela me chama para o quarto. Eu quero ir mas não consigo, "me deixa sozinha". "O que aconteceu com a gente?", ela frisa, já sabendo que eu estou distante. Tenta se aproximar, mas não consigo deixar que ela chegue e, ao mesmo tempo, me assola a angústia porque sinto a porta cerrando devagarinho. Meu deus, se ela pudesse entrar em mim, o que mais quero é estar ao lado dela, mas existe esta barreira, e quanto mais ela pede para eu saltar mais eu tenho medo, nem tento, para não ter de sentir a queda se não conseguir ultrapassar. E chegamos a um ponto tal que qualquer palavra é dinamite. Fico calada, mas até o silêncio é explosivo e ela vem para cima de mim com um "você é louca, você só sabe reclamar da asma, mas não quer ajuda, você não se abre". Eu isso, eu aquilo, eu não escuto mais, e ela elétrica na minha frente. Tudo que eu quero, o que mais quero, são cinco minutos de ar, "me deixa sair, não pus os pés fora de casa. Por favor, me deixa sair", ela, agora estática, permanece, "não posso me sentir presa, só cinco minutos, por favor, não vamos mais brigar, eu já volto". Tento todos os argumentos, mas não adianta. Então, viro em direção à porta sem olhar para ela, que solta um "se sair, quando voltar não entra mais aqui", ao que eu respondo rápido "foda-se, faça o que quiser, você não pode me prender", e corro, mas sei que é inútil, pois ela é mais ágil e se impõe entre mim e a porta. A porta que abre a casa. A porta que fecha o corpo.

O hall

Ela arranca a chave da fechadura e faz o que mais odeio. "Vem pegar, vem, quer sair, então pega a chave", e balança-a na minha frente como se tivéssemos dez anos e ela, na ponta dos pés, mais alta e mais forte, só por isso pudesse controlar a situação. "Deixa de ser ridícula, não somos crianças e isso não é brincadeira", mas ela não ouve e continua rindo, os olhos cuspindo ódio, "não é brincadeira, então é o quê? Você surge na minha vida, se muda pra minha casa, acaba com a minha rotina, descarrega em mim todo o seu rancor num dia que tínhamos inteiro pra nós e diz que está sufocada, que precisa de cinco minutos?", e começa a gritar "é isso? A senhorita vítima está sufocada depois de encher o saco o dia inteiro, ela está sufocada porque o mundo é ingrato com ela, a dona vítima, a dona coitada, pois se é pra ser vítima então tem que ter carrasco. Daqui você não sai!", aos berros, ela. "Para, nós já passamos de qualquer limite, se um dia houve um. Deixa eu sair e acabar logo com isso. Se eu sou esse monstro que invadiu a sua vida, então me deixa ir. Pronto, amanhã você retoma a rotina na *sua* casa", friso o *sua*, "e mando tirar as minhas coisas ou você joga fora, faça o que quiser, mas não me deixa trancada aqui, por favor, quero sair!", suplico, a voz agora submissa porque não posso suportar a ideia de prisão e ela sabe disso. Minha respiração tranca e pego a bombinha, mas ela não se comove, "não adianta, daqui você não sai, estou cansada de você querer fugir o tempo todo, a tua prisão é aqui", enfia o dedo no meu peito, cutucando o externo, "e essa porta", bate na porta de entrada da casa, "essa porta não te abre nenhuma brecha pra sair de dentro de você", e me vira para o espelho do hall da mesma forma que fez à tarde, no banheiro, "essa é você. E vai continuar sendo se sair por esta porta porque não dá pra fugir de você mesma". "Então me deixa ir, o problema é meu", e nos olhamos pelo espelho, "estou cheia. Odeio essa tua psicologia barata, você é insuportável, sabia, insuportável! Vive criticando todo mundo, se achando a dona da verdade", no que ela me aperta os braços e não me deixa virar, "continua, cascavel, bota todo esse veneno pra fora, cuidado pra não se picar", e eu sigo as ordens à risca e, se ela quer me desafiar, que esteja preparada porque vou com tudo, "quer saber? Quer saber mais? Eu fiquei com D. tanto tempo porque D. me queria, tinha tesão por mim, sabia como me tocar", mas, antes que eu termine a frase, a mão dela atinge a parede e não levanto a cara de vergonha por ter falado coisas que não são verdade, só para ofender, e estou prestes a pedir desculpas e a tentar acabar com aquela situação insana quando ela vem para cima de mim, transtornada, o hálito explodindo no meu rosto de tão próximo, "você não presta, você é cruel, eu tenho vontade de te enfiar a mão na cara", e eu aponto o dedo para ela, com escárnio, "enfiar a mão na cara? A senhorita politicamente correta? A senhorita todo mundo adora, a boa samaritana? Você realmente não tem nada de especial" "Eu quero mais é que você se foda, você é louca", ela vira as costas e se afasta. "Então abre essa porta e me deixa sair." "Sair pra onde? Nesta cidade violenta? Pra ser assaltada, atacada?", e ela mostra que é uma adversária à altura quando se trata de ofender, "e minha preocupação é unicamente com a burocracia que isso vai gerar". "Pela última vez, me dá a chave, é só uma volta no quarteirão, tô precisando de ar", amanso de novo a voz, mas ela nada escuta. "Não vai sair agora", e continua furiosa, "quer ar, sobe no terraço, tá cheio de oxigênio lá, você não respeita ninguém. Tem que ser tudo na hora que você quer", e eu desmorono até o chão, vencida, cansada, "vou contar pra todo mundo quem é você, dominadora, neurótica, eu te odeio", nenhuma das ameaças sai com força suficiente para amedrontar, então eu reúno as forças cacos e levanto, e parto para saltos idiotas e empurrões, "me dá essa chave, me deixa sair", e ela tenta segurar minhas mãos ao mesmo tempo que foge dos meus braços. "Eu vou chamar a polícia. Abre essa porta!", eu grito e ela me solta e some pela casa por alguns segundos, ou minutos, sei lá, para voltar com nossos pagers e três aparelhos de telefone, e atira tudo ao chão, como pratos num restaurante grego, "liga pra polícia, pro presidente, pra deus, pra puta que pariu". "Você enlouqueceu?", não sei o que dizer, enquanto junto os estilhaços com a esperança de um náufrago, e ela a dar voltas em torno de mim, "não é você que diz o tempo todo que tá cansada desse mundo conectado? Que queria ficar sem bipe, televisão, computador por um dia pelo menos?", mas nem estou prestando atenção no que ela fala porque o que me importa é pegar a chave, e aproveito um momento de desatenção para tentar arrancar o chaveiro, em vão, o que a deixa mais louca ainda, "você quer a chave? Então vem pegar", ela berra enquanto sobe correndo para o terraço.

O terraço

"Amanhã vai fazer sol. Olho mecanicamente para cima antes de focar nela, que só espera que eu avance após o último degrau para soltar a chave no espaço. "Pronto, quer a chave? Vai pegar!" Não há mais o que dizer, mas ela continua, "quer ir embora? Então pula. Vai ver cria asas." Deixo escapar mais um, já banalizado, "você está completamente louca", mas a voz sai fraca, sem emoção. "Você é que me deixou louca", ela atropela, e eu não sei realmente o que dizer, não consigo nem sentir raiva, o que poderia de certa forma me ajudar a pôr para fora esse bolo que aperta o peito. "Eu sempre adorei este terraço, olhar São Paulo aqui de cima não me dava medo porque sabia que você estava por perto, mas agora não vou conseguir mais subir aqui." "Você venceu. É a vítima. Amanhã você vai embora com uma boa história pra contar, livre de qualquer culpa porque o que você está passando agora te expia, não é isso que te acontece sempre?", e ela segue para a escada e desce sem nem se virar. Só agora percebo que ela está com uma calça de pijama, de pano, com fundo laranja, salpicada de bananas, uvas, abacaxis, uma salada de frutas. Se não nos virmos mais, é a última imagem que levo dela. O pijama tropical, a chave pelos ares, os telefones espatifados. E quando olho em volta vejo o céu desanuviado, abarrotado de estrelas, as torres iluminadas, as luzes piscando como ontem e anteontem, como amanhã e depois de amanhã, indiferentes ao que quer que tenha acontecido nesse pedaço de noite perdida num topo de mundo.

O escritório

A porta do quarto está fechada e nem ameaço entrar. As fotos que há pouco emanavam vida das mãos dela dormem no carpete quente do escritório, espalhadas ao acaso. Agora sou eu quem olha as imagens flagradas nos frames da história. Em algumas, a idade e o lugar fogem à lembrança, mas o instante fixado no papel refresca a memória das coisas pequenas. O som da tevê escorrega confuso pela fresta da porta, posso imaginar exatamente como ela está deitada. Barriga para cima, peito nu, um shortinho largo de malha, sem cobertas, três travesseiros, luz de cabeceira acesa, controle remoto na mão. Jogo as fotos de qualquer jeito na gaveta, abro o sofá-cama, arrumo as almofadas e também ligo a tevê. Não é a primeira vez que não volto para o quarto depois de uma briga. Tiro a roupa e apago a luz. Agora é só esperar. Ela vai entrar daqui a pouco, no máximo meia hora, e deitar do meu lado sem dizer nada, depois de alguns minutos a pego pelas mãos e vamos para nossa cama. Aí ela se deita de costas para mim e eu me encaixo. Abraço a barriga dela. E minha mão é beijada com tanta leveza que eu nem sei se são os lábios ou o ar que ela solta quando respira que me esquenta os dedos. O som da tevê incomoda, mas não quero a companhia da noite muda. Ela vem, ela sempre vem. A porta hipnotiza meus olhos, que fecho de vez em quando para fingir que estou dormindo quando ela chegar, para fingir que tanto faz ela vir ou não, que meu sono independe da existência dela. Mas a porta não se mexe e o correr dos créditos na tela arrasta o tempo pela madrugada.

O quarto

Abro a porta fazendo pouco, mas suficiente barulho para anunciar minha chegada. Entro sem trazer ninguém pelas mãos. Ela não foi me buscar... É estranha a sensação de me conduzir pelo labirinto que leva à cama.

*

Eu estou deitada de lado, os olhos atentos encobertos pelas pálpebras. Sinto o cheiro dela, o barulho que faz fingindo não querer fazer. É claro que sabe que estou acordada. Nem o cansaço me deixa dormir. Amanhã é preciso comprar um novo pager, um novo aparelho telefônico. Amanhã é preciso trocar a fechadura. Amanhã é preciso focar na reunião de associados. Amanhã é preciso passar no banco. Amanhã é preciso viver. Amanhã? E ela preenche a cama sem encostar em mim. Desta vez não fui buscá-la. Puxo o lençol, simulo ressonar. Deve estar pensando no que dizer para a empregada sobre a bagunça na sala, a perda da chave. Por que colocamos o que não tem importância sempre em primeiro lugar? E deixamos, mais uma vez, que a rotina encubra o amor e adie o momento de sermos felizes. Se é que alguma vez existiu essa tal felicidade em algum espaço de tempo maior do que as duas horas de um filme, os arrastados meses de uma novela ou as tantas páginas de um livro. Eu e ela. Uma história onde o ensaio de um começo se repete a cada hora. Uma daquelas peças que nunca estreiam, mas cujo elenco não desiste de se preparar para o grande dia. Sinto o abraço, o corpo que se enconcha. Seguro as mãos dela e beijo cada dedo e digo te amo, para dentro, enquanto sopro nas juntas a parte de mim que acredita (quem sabe?) que, desta vez, nós vamos.

Estas histórias foram embaladas, principalmente, por hits das décadas de 1990 e 1980.
Acesse as playlists no Spotify e entre no túnel...

Do tempo em que voyeur precisava de binóculos | Nacional

Do tempo em que voyeur precisava de binóculos | Internacional

Som na caixa!

Este livro foi composto na tipografia Adobe Garamond Pro, em corpo 12,5/16, e impresso em papel off-white no Sistema Cameron da Divisão Gráfica da Distribuidora Record.